Väter und Söhne

Treppers zehnter Fall

von Konrad Krumbachner

Teile der Krimireihe „Deutschland im Schatten":

1. Verschenkte Tage   (1945/48)

2. Januskopf   (1948/49)

3. Als Gott keinen Ausweg wusste   (1951)

4. Wenn Sterne fallen   (1954)

5. Sieg oder Sibirien   (1955/56)

6. Katzelmacher   (1957/77)

7. Wenz   (1959)

8. Schwarz-Rot-Gold   (1961/63)

9. Gleisbett   (1965)

10. Väter und Söhne   (1968)

11. Gott lässt seiner nicht spotten   (1969)

Die Reihe wird fortgesetzt mit:
12. Höher, schneller, weiter   (1972)

2. korrigierte Fassung

Lektorat: Christina Binsteiner

Datum: 06.03.2021

„Väter haben viel zu tun, um es wieder gut zu machen, dass sie Söhne haben."

Friedrich Wilhelm Nietzsche

1

Das Blut bedeckte annähernd die halbe Bodenfläche des Zimmers. Ein kleiner Flickenteppich auf dem Parkettboden bildete allerdings eine etwa eineinhalb Meter lange Sperre für das dichte Rot. Die Ränder des schmalen Teppichs waren selbst dunkel gefärbt.
Kriminalhauptkommissar Simon Trepper betrachtete emotionslos den Tatort. Seine Augen wanderten von der Blutdecke hin zum Leichnam von Franz Geissler. Die kalkweiße Haut des Gesichts schimmerte matt im schwachen Licht der Deckenlampe. Simon presste seine Lippen zusammen. Er grübelte. Der Tote kam ihm irgendwie bekannt vor. Dieses Gesicht … Er wusste nur nicht mehr genau, wo ihm dieser Mann schon einmal begegnet war.
Trepper hob seinen Kopf und ließ den Blick etwas durch den Raum gleiten. Das ungefähr fünf auf fünf Meter große Zimmer glich einer Bibliothek. Die Wände waren bestellt mit hohen, schweren Bücherregalen. Die einzelnen Regalböden waren praktisch vollständig mit Büchern belegt. Nur an einigen, wenigen Stellen standen diverse Bilder und Kunstgegenstände zwischen den langen Reihen von Buchrücken.
Simon ging auf eines der Regale zu und musterte die Exemplare: „Keynesianismus – Theorie und Praxis", „Der Gründerkrach – Ursachen und Auswirkungen", „Wohlstand für alle", las er einige der Titel in Gedanken durch. Neben dem letzten Buch stand eine aufgestellte Fotografie in einem silbernen Bilderrahmen. Es zeigte eine Gruppe junger Männer im Anzug. Sie posierten rund um ein Sofa. Zwei der Männer saßen auf dem Sofa, zwei weitere standen dahinter und auf jedem Flügel lehnte jeweils ein weiterer. Am rechten Rand sah man einen Flaggenständer, an dem die Hakenkreuzfahne hing. Simon hob das Bild an und betrachtete die Personen genauer. Trotz der vergangenen Jahre konnte kein Zweifel bestehen: Bei dem linken, sitzenden Mann auf dem Sofa handelte es sich um das Mordopfer.
„Die Spurensicherung is noch ned da", hörte Trepper plötzlich eine Stimme in seinem Rücken. Trepper unterbrach seine Gedanken. Er legte das Bild zurück und drehte sich um. Dort stand derselbe Polizist in seiner blauen Uniform der Münchner Stactpolizei, der ihn bereits am Hauseingang empfangen hatte. „War schon der Pathologe da?"
Der Polizist schwenkte seinen Kopf in den Gang hinter sich. „Da war scho mal einer da …", meinte er unsicher. „Ein älterer Herr? Graue Haare? Lange Nase?" Der junge Polizist blies die Backen auf und nickte. „Ja genau.

Der war's. Der war vorhin hier." – „Josef Schützinger", murmelte Trepper lächelnd. Schützinger und Trepper kannten sich nun bereits seit über 20 Jahren. Aus der dienstlichen Verbindung erwuchs über die Jahre eine echte Freundschaft. „Danke. Wenn Sie den Pathologen sehen, schicken Sie ihn bitte zu mir." Der Polizist nickte und verließ den Raum.

Wieder äugte Trepper auf den blassen Leichnam. Mit vorsichtigen Schritten näherte er sich dem Tatort. Simon blieb einige Zentimeter vor der Blutlache stehen und hatte damit noch immer etwa einen Meter Distanz zum Leichnam von Franz Geissler. Diese eng anliegenden Augen, die Halbglatze, der Schnauzbart – Trepper war sich nun endgültig sicher: Ich kenne den Mann.

„Trampelst Du jetzt über unsere Beweise rum?", hörte Trepper eine altbekannte Stimme. Josef Schützinger näherte sich aus dem Gang der Etagenwohnung. „Servus Sepp. Ich bin brav. Habe nichts verändert oder angefasst." Schützinger lächelte. Er trat an Trepper heran und sie reichten sich die Hand. „Die Spurensicherung is noch ned da. Die ham tatsächlich einen Autounfall gehabt", erklärte Schützinger schmunzelnd. „Einen Autounfall? Da konnten die Kollegen ja gleich ihre eigenen Spuren sichern ..." Beide lachten. „Am Stachus ham sie scheinbar die Vorfahrt übersehen und sind mit einem Auto zusammengeschossen."

Schützinger zog seine buschigen, grauen Augenbrauen nach oben. „Ich konnt also auch noch nix machen." Er drehte seinen Kopf in Blickrichtung zum Leichnam. „Wenn Du meine Ferndiagnose wissen magst: Schaut nach einer Schusswunde aus. Die Ränder am Jackett, linkes Revers an der Brusttasche – da müsste das Einschussloch sitzen." Er zuckte mit den Schultern. „Aber näher hin getraut hab ich mich auch noch ned."

Trepper gähnte. Er wischte sich über seinen dünnen, braunen Schnurrbart. Schützinger zog seine Mundwinkel nach oben. „Und was sagt jetzt die Elisabeth zu Deiner neuen Errungenschaft?" Er tippte sich dabei auf seine Oberlippe. Schützinger spielte auf Treppers Schnauzbart an, den er seit einigen Wochen trug. Diese Änderung stach seinen Bekannten sofort ins Auge, da Simon noch nie einen Bart getragen hatte. „Na ja, so begeistert war sie am Anfang nicht. Aber hat sich gelegt. Die Anzahl an dummen Kommentaren lässt nach." Schützinger raufte sich am Kinn. „Warum eigentlich?" Trepper zuckte mit den Schultern. „Hat keinen besonderen Grund. Ich wollte einfach mal schauen, wie mir die Sache steht."

Der alte Pathologe klopfte ihm auf die Schulter. „Jaja, wer rastet, der rostet. Man muss immer mal was Neues ausprobieren." Er tippte sich erneut auf seine eigene Oberlippe. „Und mia leben ja in bewegten Zeiten.

Wennst schaust, was unsere Studenten so fabrizieren … Da bleibt ja kein
Stein auf dem anderen. Da muss ich vielleicht auch mal was Neues ausprobieren." Trepper schüttelte lächelnd den Kopf. „Deswegen hab ich es
nicht gemacht."
Der Stadtpolizist kam zurück. Er wurde von einem jungen, blassen Mann
begleitet. „Des is der Sohn des Ermordeten. Der Herr Hermann Geissler",
stellte der Stadtpolizist den jungen Mann vor.
Trepper und Schützinger sagten praktisch zeitgleich: „Mein Beileid." Hermann Geissler lächelte spöttisch. „Dann ist die alte Nazi-Sau also endlich
tot", bekannte er nervös grinsend.

2

Elisabeth setzte ihre goldenen Ohrringe ein. „Du meinst Franz Geissler?",
fragte sie beiläufig. Da sie den korrekten Namen kannte, erübrigte sich
jede weitere Nachfrage. „Genau", bestätigte Trepper. „Ich hab es mir
gleich gedacht, als ich ihn gesehen habe. Also, dass ich den irgendwo her
kannte. Ich wusste aber einfach nicht mehr, wo ich das Gesicht hintun
soll."
Elisabeth kontrollierte die Position ihrer Ohrringe, indem sie ihren Kopf
vor dem Spiegel ein wenig in beide Richtungen drehte. „Ich hab ihn ja
auch nur ein paar Mal gesehen. Das letzte Mal auf der Weihnachtsfeier
vom Wittelsbacher." Simon band sich seine Krawatte. Er musste den Kopf
bereits das zweite Mal lösen. „Aber dieser Hermann geht doch nicht in die
Klasse von Felix, oder?", fragte Trepper, während er mit seiner Krawatte
hantierte. „Nein", antwortete Elisabeth halb vorwurfsvoll. Sie ging zu ihrem Mann und löste selbst noch einmal seinen Krawattenknopf. „Der
Geissler war doch im Förderverein vom Wittelsbacher-Gymnasium."
„Achso", bestätigte Trepper mit gelöster Stimme. „Daher … Du kannst Dir
die Leute einfach immer besser merken als ich." Sie zog die dunkelblaue
Krawatte nach oben. „Und besser Krawatten binden", fügte Simon lächelnd hinzu. Sie strich mit ihrer rechten Hand über seine Brust. „Ein gutes Ehepaar ergänzt sich nun mal", erwiderte sie mit einem offenen Lächeln. Sein Lob gefiel ihr. Trepper ging zum Kommodenspiegel und kontrollierte noch einmal seinen Anzug. „Schon gruselig, die Sache mit seinem
Sohn. Der hat keinen Funken Trauer gezeigt. Ganz so, als freut er sich über
den Tod von seinem Vater." Elisabeth zog sich ihre schmale Jacke über das

trägerlose Kleid. „Wirklich schlimm. Dass man sich so auseinanderleben kann … Wisst ihr auch warum?"

Trepper knöpfte sich sein Jackett zu. Seine Augen folgten den mechanischen Bewegungen seiner beiden Hände. „Ach, der hat uns vollgedichtet mit allen möglichen politischen Parolen. Dass sein Vater ein Menschenschinder war, ein Nazi und so weiter. Das volle Programm." Elisabeth ging wieder selbst vor den Kommodenspiegel und kämmte sich noch einmal ihre lockigen braunen Haare. Währenddessen setzte sich Trepper auf die Bettkante. „Eher so ein kleiner Dutschke?", bemerkte Elisabeth. Simon nickte mit dem Kopf. „Jaja", bestätigte er. „Hörte sich ungefähr so an. Dieses ganze Zeugs, so wie man es von den Studenten immer hört", beschrieb er mit gelangweilter Stimme.

Sie legte ihren Kamm beiseite und drehte sich um. „Glaubt ihr, er hat seinen Vater …?", stellte sie betroffen die halbvollendete Frage. Simon zuckte mit den Schultern. „Schwierig. Aber eher nicht. Er ging ja derart offen mit seiner Ablehnung um. Also wenn er wirklich der Mörder wäre, sollte er solche Bekundungen eher auslassen. Zudem leben die Eltern getrennt. Der Sohn war zur Tatzeit bei der Mutter. Die bestätigt das auch. Muss natürlich nicht stimmen …"

„Sogar den eigenen Vater so anfeinden", fasste Elisabeth den Gedanken von vorhin wieder auf. Simon winkte ab. „Die Jungen sind doch heutzutage alle verrückt geworden. Die Studenten treiben diesen ganzen Widerstand voran. Die tun so, als würden mit den Notstandsgesetzen die Nazis wiederkommen. Die machen noch das ganze Land verrückt."

Elisabeth griff nach ihrer schwarzen Handtasche. „Diese ganze Politik ist das eine. So was kann es schon geben. Aber dass ein Sohn seinen Vater deswegen derart anfeindet und sich sogar über dessen Tod freut – das ist etwas anderes. Das ist wirklich schlimm."

3

Walter Juskowiak hielt sich die Hand vor dem Mund und gähnte. Er wirkte ziemlich übernächtigt. „Warst Du gestern feiern?", fragte Trepper seinen Kollegen. „Du schaust nicht gerade fit aus." Juskowiak blies seine Backen auf und schnaufte anschließend die Luft schnell heraus. „Ach, ich hab gestern so schlecht schlafen können. Bin fast die halbe Nacht wach gelegen." Er lächelte: „Und die Elsa is nicht schuld", bemerkte er mit seinem leichten, rheinischen Dialekt.

„Und wie war's bei Euch? Theater, oder?" Trepper nickte. „Ja. Dreigroschenoper im Residenztheater. Ihr Vater hat uns die Karten geschenkt." Juskowiak runzelte die Stirn und bemerkte: „Is doch normal auch nicht so Deins …" Simon antwortete mit einem lang gezogenen „Ja" und fügte hinzu: „Ich muss es jetzt nicht jede Woche haben. Aber war schon in Ordnung. Das Ganze drum herum war ganz nett. Die Männer im Anzug, die Frauen alle im Abendkleid. Wir haben dann noch ein Gläschen Sekt getrunken." Er zuckte mit den Schultern. „Schon ein Erlebnis. Und das Stück ist auch ganz ordentlich. Nichts so verkopftes, mit ganz guten Liedern." Schützinger betrat den Vorraum der Pathologie. Er trug seinen weißen, knielangen Kittel. „Servus beinand. Tut mia leid, dass ihr warten musstet. Mia ham schon wieder einen neuen Fall: Mord in der Schleißheimer Straße. Ich hab den Uhland hingeschickt, aber hab's davor noch mal mit ihm besprochen." Markus Uhland arbeitete nun seit einem halben Jahr in der Pathologie im Münchner Polizeipräsidium und wurde als Schützingers Nachfolger aufgebaut. In einem Jahr sollte Schützinger in Rente gehen.

Mit einer drehenden Armbewegung wies Schützinger auf den Eingang zur Untersuchungshalle hin. „Pack ma's, Buam", kommentierte er und ging voran. Direkt neben der Eingangstür hob er von einem niedrigen Rollwagen ein Klemmbrett hoch. Schützinger blätterte auf die zweite Seite und begann, noch während er die letzten Schritte zur Bahre ging, vorzulesen: „Also … Franz Geissler, geboren am 3. Januar 1918 in München. 1,71 Meter groß, 87 Kilo, eine größere, bereits verheilte Narbe an der rechten Stirn. Ansonsten keine besonderen, äußeren Erkennungsmerkmale. Identifikation des Leichnams noch am Tatort durch den Sohn Hermann Geissler und seine geschiedene Ehefrau Annemarie Geissler, geborene Hallstett."

Sie waren exakt bei diesen letzten Worten am Untersuchungstisch angekommen. Schützinger nahm das Klemmbrett in seine rechte Hand, bückte sich und griff mit der linken Hand nach der weißen Plastikplane, welche den Leichnam noch bedeckte. Mit einer schwungvollen Bewegung schlug er die Plane zurück. „Und jetzt kommen mia zu den Sachen, die Euch sicher mehr interessieren werden", begann Schützinger.

Auf dem Untersuchungstisch lag der kalkweiße, nackte Leichnam von Franz Geissler. Trepper sah sich noch einmal das Gesicht genauer an. Wieder erinnerte er sich in einigen Sequenzen an diverse Schulveranstaltungen, auf dem ihm dieses markante Antlitz bereits untergekommen war. Schützinger legte das Klemmbrett auf einer Ablage, die am Untersuchungstisch montiert war, ab und holte einen Kugelschreiber aus seiner

Brusttasche heraus. Vorsichtig nährte er sich mit der Spitze des Stifts dem Brustkorb der Leiche. Er vermied es, trotz leicht zitternder Hand, den Körper zu berühren. Etwa einen Zentimeter oberhalb eines dunklen Flecks stoppte Schützinger. Er kreiste mit dem Stift in der Luft.

„Sauberer Brustdurchschuss. Hat direkt das Herz getroffen. Des hat auch gereicht. Da war kein zweiter Schuss mehr nötig. Deshalb is auch so viel Blut gekommen. Der Schütze muss ziemlich nah gestanden haben. Wahrscheinlich feuerte er aus etwa einem Meter Entfernung die Pistole ab." Der Pathologe zog den Stift zurück und steckte ihn in die Brusttasche seines weißen Kittels. Er griff wieder nach dem Klemmbrett. „Des war's. Ansonsten keinerlei Verletzungen, blaue Flecken, Kampfspuren, oder so was. Die Narbe an der Stirn is, wie gesagt, scho sehr alt. Aufgrund der verheilten Narbe würd ich sagen etwa 20 Jahre."

Schützinger blätterte wieder auf die erste Seite. „Kaliber 9 mm. Die Kugel haben die Kollegen von der Spurensicherung am Boden gefunden. Und …" Er suchte etwas auf dem Dokument. „Genau: Tatzeit müsste relativ genau um 1:30 Uhr gewesen sein. Plus, minus 30 Minuten. Mehr dürft es ned gewesen sein. Mia konnten des recht gut bestimmen, weil der Tatort noch recht frisch war."

Trepper schüttelte den Kopf. „Jetzt bin ich aber enttäuscht von Dir", begann er vorwurfsvoll. Der alte Pathologe senkte das Klemmbrett. „Fehlt was?", fragte er irritiert. „Die Tat hat sich um exakt 1:14 Uhr ereignet." Juskowiak verstand nun Treppers Einwand und lächelte. „Sauber", entgegnete Schützinger trocken. Juskowiak klärte auf: „Es gab einen Ohrenzeugen. Der Nachbar hat sein Schlafzimmer direkt neben dem Arbeitszimmer vom Geissler gehabt. Der is vom Schuss direkt aufgewacht, schaut auf seinen Wecker und ruft die Polizei."

Schützinger hob die Hand und ließ sie wieder fallen. „Na also. Jetzt kennt's ihr euch ja richtig gut aus", entgegnete Schützinger etwas säuerlich. „Dann habt's den Mörder ja wahrscheinlich bald, oder?"

4

Trepper füllte eines der drei Gläser mit Wasser und schob es zu Frau Geisslers Platz. Annemarie Geissler war eine attraktive, 41-jährige Frau mit langen, glatten, blonden Haaren, einer kleinen Stupsnase und einem allgemein schönen, ebenförmigen Gesicht. Franz Geissler sah dagegen nicht besonders attraktiv aus. Kurz überlegte Simon, weshalb wohl eine solch schöne Frau, einen doch relativ unansehnlichen Mann wie Franz Geissler heiratete. Geld macht eben attraktiv, resümierte Trepper in Gedanken.

„Herzlichen Dank Frau Geissler, dass Sie sich für unsere Befragung zur Verfügung stellen", begann Simon Frau Geissler lächelte etwas nervös. Ihre schmalen Lippen zuckten. „Natürlich. Ich will Ihnen doch helfen", entgegnete sie mit leiser Stimme. „Sie haben uns ja bereits am Tatort einige Angaben gemacht, aber wir hätten da noch eine Reihe weiterer Fragen." Sie nickte.

Trepper atmete tief durch. „Ich muss Ihnen diese Frage stellen: Wie ist es zur Trennung zwischen Ihnen und Ihrem Mann gekommen?" Die Befragte senkte den Blick. „Untreue. Mit diesem einen Wort kann man es umschreiben: Untreue. Franz hat mich oft betrogen: zweimal mit einer Sekretärin, einer Nachbarin aus dem Erdgeschoss und sogar auf einer gemeinsamen Urlaubsreise mit irgendeiner Dahergelaufenen." Während ihrer Beschreibung steigerte sich der Zorn in ihrer Stimme. „Irgendwann hatte ich genug. Ich weiß ja nicht, was er sonst noch so getrieben hat. Wahrscheinlich hatte er weit mehr Affären."

Trepper gefielen die Informationen: Hier öffnete sich ein Betätigungsfeld für die Ermittlungen. Gab es einen gehörnten Ehemann? Hatte Franz Geissler eine Geliebte verprellt und sich so zur Feindin gemacht? Er notierte sich die Angaben und legte in seinem Notizbuch drei Aufzählungspunkte an. Die Zeilen benannte er mit „Sekretärinnen", „Untermieterin" und „Urlaubsbekanntschaft". Hinter jeden der Ausdrücke setzte er einen Bindestrich.

„Kennen Sie die Namen und gegebenenfalls sogar die Adressen der … ", Trepper suchte nach einer passenden Formulierung, „ … der entsprechenden Damen?" Annemarie Geissler gefiel die Beschreibung. Sie lächelte spitz. „Bei den Sekretärinnen fragen Sie am besten in der Deutschen Investitionsbank nach. Filiale Königinstraße 23. Ich kenne die entsprechenden Damen nicht näher. Einmal habe ich ihn selbst in flagranti erwischt, einmal hat mir eine gute Freundin die Wahrheit erzählt." Sie hatte Treppers Formulierung von den „entsprechenden Damen" übernommen, dachte Simon interessiert.

„Bei seinem Gastspiel eine Etage tiefer, fragen Sie bitte bei Sabine Stadler nach. Nach dem Skandal damals ist sie mit ihrem Mann Peter nach Haidhausen gezogen. Da müssten Sie mal nachfragen, um an die Adresse zu kommen." Frau Geissler nahm nun erstmals einen Schluck Wasser. Sie redete frei und flüssig. Trepper hatte keinen Zweifel an ihren Angaben. Sie setzte das Glas ab. „Und diese Geschichte mit der Dahergelaufenen … Das war in Garmisch-Partenkirchen. Ski-Urlaub vor …" Sie überlegte. „Das müsste jetzt drei Jahre her sein. Januar 1966. Wir waren im Hotel ‚Edelweiß'. Das liegt ziemlich zentral in Garmisch. Einen Namen kenne ich nicht." Trepper nickte mit auf seine Notizen gesenktem Blick. Er notierte beim dritten Aufzählungspunkt „Urlaubsbekanntschaft" nach dem Trennstrich den Vermerk „nicht ermittelbar".

Simon blickte wieder auf. Er sah der Befragten tief in die Augen. „Wie stellte sich Ihr Verhältnis zu Ihrem Ex-Mann dar?" Sie wich seinem Blick nicht aus. „Schlecht. Sehr schlecht", antwortete sie trotzig. Ihre Augen flackerten zornig. „Wir haben uns vor sieben Monaten scheiden lassen, aber bereits die letzten drei Jahre stand unsere Ehe vor dem Aus. Da war kein gutes Gefühl mehr zueinander." Sie verschränkte ihre Arme vor der Brust und legte den Kopf etwas zur Seite. „Ich empfinde keine große Trauer aufgrund seines Ablebens. Er ist mir egal geworden."

„Rührt daher das schlechte Verhältnis zwischen Ihrem Sohn und Ihrem Ex-Mann? Also wegen der Scheidung?" Sie schüttelte energisch mit dem Kopf. „Ach mein Mann … also mein Ex-Mann … ", korrigierte sie sich. „Er war ein Hallodri, ein Rumtreiber. Dem war die Familie egal. Er hat sich um den Jungen eigentlich nicht gekümmert." Sie verzog ihren Mund nach unten. „Er glaubte, durch Geld und großzügige Geschenke an Weihnachten oder zum Geburtstag, alles an erzieherischem abzudecken. Mein Mann war Materialist", fasste sie achselzuckend zusammen. „Mit Gefühlen kannte er sich nicht aus."

Trepper bemerkte ihre Wortwahl „Mann" – sie hatte nicht auf „Ex-Mann" korrigiert. Sie hatte wohl etliche seelische Verletzungen ertragen und dennoch versucht, die Ehe zu erhalten. Simon setzte wieder seinen Bleistift an und notierte: „Ehefrau als Täterin möglich".

5

Trepper und seine Kollegen fühlten sich sichtlich unwohl, als sich die lange Menschenmenge an ihnen vorbei schob. „Großkampftag", murmelte Reuter angespannt. Michlbier reichte ihm sein Päckchen HB-Zigaretten. Reuter griff nach einer Zigarette und steckte sie sich in den Mund. „Und das auf meine alten Tage …", kommentierte er bitter und nahm den ersten Zug von seiner Zigarette.

Simon betrachtete ein großes Protestplakat, auf dem ein Hakenkreuz ein Paragrafen-Zeichen zusammendrückte. Unter der Grafik stand der Slogan:

„Demokratie schützen – Notstandsgesetze verhindern". „Morgen ist die Abstimmung?", fragte Reuter, ohne seinen Blick von der Straße abzuwenden. „Ja. Morgen", bestätigte Juskowiak. Tatsächlich stand am morgigen 30. Mai die Bundestagsabstimmung über die Notstandsgesetze an. „Die werden das morgen schön durchwinken. Die Roten und die Schwarzen sind ja eh dafür", erläuterte Juskowiak seine Meinung. „Und dann kehrt hoffentlich wieder Ruhe ein", fügte er an.

Von der Straße hallte der nächste Protestruf durch die dichten Reihen: „Bild hat mitgeschossen!", brüllten zuerst einige vereinzelte Demonstranten. Bereits beim zweiten Durchgang brandete der Aufruf hörbar lauter über die Maximiliansstraße. Beim dritten Mal hallte die Losung ohrenbetörend über die Menschenmasse hinweg.

Nachdenklich betrachtete Trepper die teils wutverzerrten Gesichter. Was braut sich da nur zusammen, grübelte er betroffen. „Was sollen wir denn genau hier machen?", fragte Juskowiak. Er war erst kurzfristig von einem Außeneinsatz hierher beordert worden. „Objektschutz", erklärte Michlbier kurz, ohne seinen konzentrierten Blick von der Straße abzuziehen. „Objektschutz?", wiederholte Juskowiak Michlbiers Antwort als Frage. „Sind wir als Mordabteilung dafür nicht eigentlich überqualifiziert?", fragte er lächelnd. „Tja – da sieht man wieder mal, dass ihr nicht im Krieg gewesen seid", erwiderte Reuter spöttisch. „Wenn's eng wird, müssen alle an die Front." Er wandte sich zu Trepper, der etwas seitlich hinter ihm stand um und fragte ihn: „Oder? So geht's doch zu, wenn der Feind vor der Haustür steht?"

Trepper reagierte nicht. Er starrte ungläubig auf den Protestzug. „Simon?", fragte Reuter irritiert, als er Treppers ernsten, konzentrierten Gesichtsausdruck sah. „Mach mal halblang", sagte Juskowiak. „Das da unten ist nicht der Feind", warf er als Kommentar in die Runde. Reuter merkte nicht auf und betrachtete weiterhin Trepper. „Simon – ist irgendwas los?" Ohne zu antworten, trat Trepper nach vorne und eilte auf die Menschenmenge zu. Einen Moment sahen sich seine Kollegen verdutzt an, dann folgten sie ihm.

Simon ging mit schnellen Schritten einige Meter parallel zum Protestzug. Plötzlich fasste er einen jungen Mann an der Schulter und zerrte ihn auf den Gehsteig. „Felix! Was machst du hier?", fragte er aufgebracht seinen Sohn. Felix lächelte verlegen. „Ich leiste Widerstand", antwortete er mit bewusst großen Worten. Simon erstarrte. Hinter ihm standen nun die Kollegen aus der Mordkommission mit einigem Abstand. Trepper rüttelte am Arm seines Sohnes. „Spinnst du? Du kannst dich doch nicht mit dem Gesindel einlassen!"

In diesem Moment erkannte einer der Demonstranten die Situation. „Hey! Lasst den Jungen los, ihr scheiß Faschisten!", brüllte er zornig. Er winkte mit der Hand in Treppers Richtung und schnell löste sich ein gutes Dutzend junger Männer aus dem Protestzug. Sie stürmten auf Trepper los. Einer der Demonstranten packte Felix und riss ihn von Simon los. Jetzt intervenierten Treppers Kollegen. Sie rückten heran. Juskowiak schubste einen der Demonstranten grob zurück. Es kam zu einem kleinen Handgemenge. „Haut ab, Bullenschweine!" Obwohl Simon und seine Kollegen Zivilanzüge trugen, wurden sie richtigerweise als Polizisten erkannt. Es schien zu eindeutig, wenn eine Gruppe anzugtragender Männer konzentriert am helllichten Tag vor einem großen Bankgebäude Wache stand. „Du kommst jetzt sofort her!", forderte Trepper seinen Sohn auf, als sich die Lage etwas beruhigt hatte. „Nix da!", entgegnete ein junger Mann mit langen schwarzen Haaren. Er grinste breit. „Ihr Typen habt uns gar nix zu sagen", triumphierte der Protestler und schob Felix weiter. Simon wollte wieder nach seinem Sohn greifen, doch sofort schubsten ihn drei der Männer zurück. Juskowiak und Michlbier rückten nach vorne und drängten ihrerseits die Demonstranten vom Gehweg hinunter.

„Verpisst euch!", und ähnliche Beleidigungen folgten aus dem Protestzug in die Richtung der Kriminalbeamten, während sich die anderen wieder einreihten. Simon atmete schwer. Mit mulmigem Gefühl folgte sein Blick Felix, bis er ihn endgültig aus den Augen verlor. Reuter legte seine Hand auf Treppers Schulter. „Alles halb so wild", meinte er mit ruhiger Stimme. „Sind ja noch Kinder ...."

6

Juskowiak öffnete den hellblauen Schnellhefter und betrachtete die erste Seite. „Mia haben drei Stück davon gefunden", erklärte Franz Tauber, der Leiter der Spurensicherung im Münchner Polizeipräsidium. „Hm", brummte Juskowiak. Nachdem er den ersten Brief überflogen hatte, reichte er den Schnellhefter an Trepper weiter.

Zentral prangte ein großer, roter Stern auf dem Briefkopf. Darunter stand in breiten Lettern: „Antifaschistischer Kampfbund München". Der kurze Text lautete: „Verstecke Dich nicht, Nazi-Schwein. Du bist längst auf unserer Liste! Glaube nicht, Deine Schandtaten wären verjährt. Wir werden mit Dir Gericht halten! Nichts und niemand ist vergessen."

Simon blätterte um. Auf den beiden folgenden Seiten fanden sich ähnliche Schreiben, mit annähernd gleichlautendem Tenor. „Komisch, dass er sie nicht weggeschmissen hat", bemerkte Trepper. „Wo habt ihr die gefunden?", wollte Juskowiak wissen. Tauber hatte sofort einen Zimmerplan zur Hand. Er legte die Bleistiftskizze auf den Tisch und tippte auf ein umrandetes Rechteck. „In seinem Sekretär, oberste Schublade. Es war nicht abgeschlossen."

Trepper und Juskowiak warfen sich einen kurzen Blick zu und schmunzelten. Tauber war für seine Pedanterie bekannt. „Tja. Da hatte unser Herr Geissler noch weitere Feinde, wie es scheint", sagte Juskowiak. Tatsächlich hatten die Ermittlungen bereits etliche, mögliche Verdächtige zutage gebracht. Neben dem zerrütteten familiären Umfeld, indem sowohl seine Frau, als auch sein Sohn verdächtig erschienen, hatte sich Geissler noch eine Reihe weiterer Feinde zugelegt: Zwei Geschäftspartner hatte er um über 100 000 DM betrogen. Er versprach die Gelder gewinnbringend anzulegen, verprasste jedoch einen guten Teil davon und verspekulierte den Rest bei riskanten Aktiengeschäften, mit denen er schnell das aufgelaufene Defizit begleichen wollte. Zudem war Geissler ein Frauenheld. Bereits jetzt hatte die Mordkommission fünf aktuelle oder kurzfristig beendete Affären des Lebemannes festgestellt. Darunter befanden sich auch zwei verheiratete Ehefrauen. Und das alles, obwohl Geissler kein sonderlich attraktiver Mann war.

„Und jetzt auch noch Todesdrohungen von irgendwelchen linken Spinnern", kommentierte Juskowiak den Fund. Trepper blies seine Backen auf. „Da dürfen wir ja in etliche Richtungen ermitteln." Juskowiak nickte zustimmend. „Das macht es auf alle Fälle nicht leichter." Simon hob noch einmal den Drohbrief an und betrachtete ihn. „Ich weiß nicht … Das sind doch nur Sprücheklopfer. Ich würde das weniger ernst nehmen. 100 000 DM, oder ein gehörnter Ehemann – das sind doch Gründe für einen Mord. So einen Wisch hier – den schreiben doch bloß Wichtigtuer."

Juskowiak nickte. „Seh ich genauso", stimmte er zu. „Ich würde sagen, wir teilen uns auf: Ich kümmere mich um seine Affären und Du um das liebe Geld." Simon legte das Schreiben auf dem Tisch ab. Er sah zu seinem Kollegen. „Und die Familie?", fragte Simon mit etwas gedämpfter Stimme. Juskowiak dachte kurz an den Vorfall des Vortages. Er winkte ab. „Ach, die haben beide ein Alibi. Zudem: Ein schlechtes Verhältnis in der Familie gibt's schon mal …" Juskowiak erschrak selbst über diese Worte. Er wollte keinen Zusammenhang zu der Konfrontation Treppers mit seinem Sohn herstellen. Schnell endete er seinen Gedanken: „Aber das reicht doch nicht gleich für einen Mord. So schlimm muss es bei denen ja auch nicht gewesen sein. Der Sohn hat alles gekriegt, was er wollte und die Frau lebt ja auch in Saus und Braus." Er zuckte mit den Schultern. „Man kann ja zerstritten sein, aber man tötet doch nicht die Hand, die einen füttert", meinte Juskowiak abschließend.

Simon stand auf. „Gut. Sehen wir uns die Sache hier …", er deutete auf den Drohbrief, „ … Und das familiäre Umfeld noch einmal etwas später an." Juskowiak nickte. „Wenn wir da nicht weiterkommen, wechseln wir einfach die Spur."

7

„Das Wort hat der Herr Bundeskanzler", drang eine würdevolle Stimme aus dem Radiolautsprecher. „Faschistenkanzler", ätzte Uwe Seidler abfällig. „Herr Präsident, meine Damen und Herren. Der Artikel 38 unseres Grundgesetzes bestimmt, dass die Abgeordneten des Deutschen Bundestages, Vertreter des ganzen Volkes, an Aufträge und Weisungen nicht gebunden und nur ihrem Gewissen unterworfen sind", war die Stimme des Bundeskanzlers Kurt Georg Kiesinger zu hören.

„Das müsste besser heißen: Den Weisungen der Großindustrie und des amerikanischen Imperialismus unterworfen sind", ätzte Seidler. „Jetzt sei doch mal still!", ermahnte ihn Sabine Angermeier. Seidler drehte sich um. Sein unrasiertes Gesicht formte ein spitzes Lächeln. Er kratzte sich am Kopf und seine struppigen braunen Haare raschelten. „Warum willst Du den Nazi-Opa hören? Du glaubst doch nicht, dass da was Ordentliches bei rauskommt …" Sie schüttelte den Kopf. „Um richtig diskutieren zu können, muss man auch die Argumente der Gegenseite kennen", erklärte die hübsche junge Frau.

„Die Argumente kenne ich schon: Krieg! Großindustrie! Vietnam! Überwachungsstaat!" Sabine verdrehte ihre grünen Augen und schüttelte mit dem Kopf. „Uwe – sei doch nicht immer so vernagelt." Sie beugte sich vor und drehte den Lautstärkeregler des alten Telefunken-Radios etwas nach oben.

Felix Trepper beobachtete gebannt die Bewegung der jungen Frau. Als sie sich vorbeugte, zeichnete sich unter ihrem dünnen Hemd ihre Brust ab. Felix konnte seinen Blick nicht abwenden. Sein Herz schlug schneller, wenn er sie ansah. Zum ersten Mal verspürte er diese blumige Schwärmerei für das andere Geschlecht.

„Ich bin mit dem Vorsitzenden der sozialdemokratischen Partei der Meinung, dass diese seit langen Jahren beratenen Gesetze, zu viele Emotionen ausgelöst haben. Denn es handelt sich ja schlicht um eine pflichtgemäße Vorsorgeregelung, ohne die kein Staat auskommt und die hierauf in allen anderen Ländern getroffen worden ist." Uwe lächelte verächtlich. Er blieb aber still. Sabine blickte konzentriert auf den Radioempfänger. Felix folgte nur beiläufig der Rede des Bundeskanzlers. Seine Gedanken galten mehr dem hübschen leicht rothaarigen Mädchen mit den feinen Sommersprossen im Gesicht, welches so wenig entfernt von ihm saß und doch so unendlich weit weg schien.

„Wenn die Machthaber im anderen Teil Deutschlands, von diesen Gesetzen – heuchlerisch – als von Kriegsgesetzen zu sprechen wagen, dann kann ich ihnen im Namen dieses freien Staates nur entgegensetzen: Ein Regime, das selbst in normalen Zeiten keine Meinungs-, keine Versammlungs-, keine Pressefreiheit gibt, kein Streikrecht gewährt und jede Kritik mit schweren Strafen bedroht. Ein solches Regime hat kein Recht, eine Gesetzgebung zu verleumden, die selbst für den äußersten Notfall, größere demokratische Freiheiten und rechtsstaatlichen Schutz garantiert, als es selbst in normalen Zeiten zuzugestehen hat."

Applaus drang aus dem Lautsprecher und füllte akustisch die kleine Studentenbude von Uwe Seidler. Seidler reichte es. Er zog am schwarzen Stecker des Radiogeräts, neben dem er saß. Uwe stand auf und streckte den rechten Arm nach oben. „Die haben ihr ‚Sieg Heil' vergessen. Normal müssten sie doch alle ‚Sieg Heil' schreien, wenn ihr Führer spricht." Sabine verschränkte die Arme vor der Brust. Sie blickte milde lächelnd zu ihrem Lebensgefährten. „Ich möchte hören, wie das ausgeht. Deine Show kannst du später wieder abziehen." Uwe ließ den Arm hinabgleiten. „Du kriegst später noch die richtige Show geboten, Kleines", gab er breit grinsend zurück. Sabine kicherte verlegen und biss sich auf die Unterlippe.

Er wurde ernster: „Ihr wisst doch alle, wie diese Faschisten abstimmen werden: Wollt ihr den totalen Krieg?" Er beantwortete seine rhetorische Frage nicht.

„Aber hat der Kiesinger nicht recht?" Umgehend drehten sich alle neun Personen zu Felix. Die sieben Studenten blickten ebenso verblüfft auf Felix, wie sein Schulfreund Hannes Steiglechner. Uwe runzelte die Stirn: „Mensch Junge: Hast du einen an der Waffel?", fragte er irritiert. Da der

Altersunterschied zwischen Seidler und Felix gute acht Jahre betrug, erschien die Anrede „Junge" durchaus passend.

Die Reaktion schüchterte Felix etwas ein. Er hatte seine Frage spontan in die Runde geworfen, ohne groß darüber nachzudenken. „Ich meinte ja nur …", sagte Felix mit gesenktem Blick. Sabine legte ihre Hand auf sein Knie. „Was hast Du denn gemeint?", ermunterte sie mit weicher Stimme. Felix sah kurz zu ihr auf. Ihre Blicke trafen sich. Felix lief rot an und senkte wieder seine Augen. „Ja … Äh … Also was der Kiesinger über die DDR gesagt hat. Dass da die Leute nicht frei demonstrieren können und die Presse nicht frei ist … Ich meinte ja bloß …", entschuldigte sich Felix für seinen Gedanken.

„Mensch Junge", begann Seidler in ruhigem, väterlichem Ton. „Du darfst diesen ganzen Propaganda-Mist nicht glauben. In der DDR herrscht der Sozialismus. Da sind die Menschen frei. Die brauchen keine Lügenpresse wie hier mit Bild und Spiegel und so. Da hat jeder Arbeit. Da gibt's keine Superreichen. Jeder lebt in Wohlstand und Glück. Darum brauchen die gar keine Demonstrationen oder so was. Warum auch? Wogegen sollen die Menschen in der DDR demonstrieren? Dass es ihnen allen gut geht?"

Keiner traute sich, etwas zu entgegnen. Seidler galt als Wortführer der losen Gruppe. Zumindest wenn es um politische Angelegenheiten ging. Sabine Angermeier griff nach Felix Hand und drückte sie. „Ich find's auf alle Fälle super, wenn Du Dir Deine eigene Meinung machst", lobte sie Felix. Den jungen Gymnasiasten durchzuckte ein wohliges Gefühl. „Danke", antwortete er ihr geschmeichelt.

8

Trepper nahm einen Zug von seiner Zigarette. „Aber das ist doch reichlich unseriös, für ein Vorstandsmitglied einer mittelständischen Bank", resümierte er grübelnd. Oskar Uhland nickte mit zusammengepressten Lippen. „Unseriös ist das richtige Wort – Franz Geissler war unseriös. Eigentlich in allem, was er tat."

Simon zog seine Augenbrauen hoch. Er drückte die verrauchte Zigarette in dem kleinen hölzernen Aschenbecher aus. „Und so jemand leihen Sie 45 000 DM?" Uhland zuckte mit den Schultern. „Warum verliert man so viel Geld?", stellte er eine Gegenfrage. Nun zuckte Trepper mit den Schultern. „Erklären Sie es mir", forderte er lächelnd. Simon fühlte sich wohl bei dieser Befragung. Uhland war ein interessanter und sympathischer Mensch.

Man konnte sich gut mit ihm unterhalten. Der Befragte redete auch ohne zu zögern und taktieren.

„Habgier. So einfach wie es klingt, ist es auch: Habgier", wiederholte er mit süffisantem Lächeln. Trepper nickte. „Sie hatten also großes Vertrauen in die Fähigkeiten von Franz Geissler." Uhland steckte sich gerade eine Zigarette an, als Trepper diese Frage stellte. Der Befragte nickte, während er den ersten Zug von seiner Zigarette nahm. Als er den Qualm ausgeraucht hatte, präzisierte Uhland: „Ja. So kann man es sagen. Schauen Sie: Franz Geissler war ein Blender." Uhland strich sich durch seine grauen Haare. „Er konnte einen mit allerlei Zeugs gut zureden. Irgendwann machte man dann genau das, was er wollte." Simon lehnte sich zurück. Er zog seine Augenbrauen nach oben. „In Ihrem Fall also, bis Sie das Geld bei ihm angelegt hatten."

Uhland wischte sich mit dem rechten Zeigefinger über seine schmale Unterlippe. „Ganz genau", bestätigte er. „Wie es eben so ist: Ich hatte eben etwas Geld übrig und wollte mir damit eine Eigentumswohnung kaufen, um diese dann zu vermieten. Tja, darüber hab ich mit dem Franz geredet." Er runzelte seine Stirn und machte einen angestrengten Gesichtsausdruck. „Ich weiß gar nicht mehr so genau, wann und wo das war. Irgendein Empfang. Könnte vom Verband der Bayerischen Wirtschaft gewesen sein oder irgendwas in der Art. Na ja, auf alle Fälle haben wir da über diese Sache geredet. Und wie eben der Franz so war, hat er mir gleich allerhand Flausen in den Kopf gesetzt: Immobilien sind doch tot. Da ist die Rendite doch gleich null. Da brauchst du was Dynamisches. Er wüsste da was …"

Trepper notierte die Aussagen stichpunktartig. Uhland wartete etwas, um Simon die Zeit für seine Notizen zu geben. „Ja und ich habe mich dann darauf eingelassen. So einfach geht das. Der Franz hat dann alles in amerikanische Wertpapiere investiert. Dow Chemical, American Steel, Chrysler, und so weiter. Ich hatte davon keine Ahnung. Anfangs hat er mir noch ein paar Hunderter Dividende gezahlt. Aber schon nach etwa einem halben Jahr hat er dann angefangen zu jammern: Der Vietnam-Krieg belastet die Ami-Wirtschaft so stark und er wüsste gar nicht, wie es weitergeht." Uhland lächelte und schüttelte leicht den Kopf. „War natürlich alles gelogen. Er hatte das Geld mit hochriskanten Anlagen verspielt. Franz hatte einen guten Teil meiner Einlage gleich mal privat ausgegeben. Vor allem für kostspielige Urlaube. Und dann versuchte er mit windigen Aktiengeschäften, schnell das Geld zurückzuholen - plus Gewinn für meine Einlage, plus Gewinn für ihn. Und das alles auf einmal."

Uhland drückte seine Zigarette aus und hob anschließend beide Hände nach oben. Er ließ sie langsam auf die Tischfläche gleiten und meinte: „Hat natürlich nicht funktioniert. Er hat praktisch alles verspielt. Bis auf etwa 2000 DM, die noch in minderwertigen US-Aktien angelegt waren. Das hab ich dann noch zurückbekommen."

Simon blickte verwundert zum Befragten. „Und das wissen Sie alles so detailliert? Also, dass Geissler Ihr Geld für Urlaube et cetera verwendet hat." Uhland verschränkte die Arme vor der Brust: „Ich hatte einen Anwalt eingeschaltet und den Franz angezeigt." Simon nickte langsam. „Verstehe. Also Ihre Freundschaft hatte daran Schaden genommen." Uhland spitzte die Lippen und hob seine grauen Augenbrauen ein Stück an. „Ich kann Sie natürlich durchaus verstehen", pflichtete Trepper bei. „Diese Summe ist ja auch kein Pappenstiel." Uhland beugte seinen Oberkörper etwas vor und nickte.

„Wann endete das Verfahren?", wollte Simon noch wissen. Uhland hüstelte etwas. „Ja … Ungefähr vor sechs, sieben Monaten. Was war es denn gleich wieder? Oktober? Ich müsste noch mal nachschauen." Trepper nickte. „Bitte reichen Sie mir Kopien von diesem Vorgang nach." Simon nahm einen Schluck Wasser. „Hat Herr Geissler dies öfters getan? Also Geld für Freunde, Bekannte, Verwandte angelegt? Wissen Sie etwas darüber?"

Uhland schwankte etwas mit seinem Kopf. „Ja", antwortete er zögerlich. „Da gab es wohl schon so einige Leute, für die er Geld angelegt hatte. Aber ich wüsste da jetzt keinen genauen Namen. Franz hat es öfters mal erwähnt, wie viele und wer alles ihm Geld anvertraut." Uhland schüttelte lächelnd den Kopf. „Aber wer weiß schon, was davon richtig ist und was nicht? Er redete viel, wenn der Tag lang war."

„Erklärt das auch, warum er so gut bei Frauen ankam?", lautete Treppers nächste Frage. Uhlands Miene wurde ernst. „Wie meinen Sie das?", fragte er mit strengem Unterton. Der Stimmungswechsel des Befragten irritierte Trepper. „Äh … Wir haben ja bereits erfahren, dass Herr Geissler etliche Affären hatte und er es mit der ehelichen Treue nicht so genau nahm. Ich möchte nicht abwertend erscheinen, aber Herr Geissler war ja nun nicht unbedingt ein außergewöhnlich schöner Mann. Ich dachte nur, dass eventuell seine Überzeugungskraft im persönlichen Gespräch, ihm Erfolg auf diesem Gebiet ermöglichte."

Uhland verdrehte umgehend die Augen. Er seufzte. „Dann wissen Sie also vom Franz und meiner Frau." Trepper bemühte sich seine Überraschung zu unterdrücken und gelassen zu wirken. Er hatte davon noch nichts gehört. Uhland wertete Treppers Formulierung, Geissler nehme es „mit der ehelichen Treue" nicht so genau, als versteckten Hinweis. Deshalb trat er die Flucht nach vorne an und erklärte ungefragt: „Es stimmt! Der Franz hat mir die Hörner aufgesetzt." Uhand bemühte sich zu lächeln, doch die große Verspannung in seinem Gesicht ließ den Versuch als Fratze erscheinen. „Das war nichts Schönes. Also mehr die Tatsache, hintergangen worden zu sein." Simon wartete. Er wollte Uhlands Erklärung nicht durch Fragen in eine Richtung lenken.

„Aber es war mehr gekränkter Stolz. Bei meiner Ehe war ja davor schon die Luft draußen. Ich hatte selbst eine Liaison mit meiner Sekretärin ..." Er lächelte. „Also das Rein-Raus an sich hat mich nicht getroffen. Aber belogen zu werden - das ist nicht schön." Trepper überlegte. „Und Ihre Frau ...", begann Simon. Doch Uhland unterbrach ihn umgehend. „Ex-Frau. Wir sind seit zwei Monaten geschieden", erklärte der hagere Mann.

Trepper atmete tief durch. „Herr Geissler hat Sie also um etwa 40 000 Mark erleichtert und ist mit Ihrer Frau fremdgegangen." Uhland machte einen versteinerten Gesichtsausdruck. Er nickte. Trepper blickte Uhland in die Augen: „Deswegen könnten einem schon mal Mordgedanken kommen. Oder wie sehen Sie das?" Uhland bemühte sich, wieder zu lächeln. Es misslang ihm erneut. „Aber ich doch nicht", bekannte er unsicher.

9

Peter Stadler war ein kleiner, unscheinbarer Mann mit hellen blauen Augen und schütterem, braunem Haar. „Sie kannten Franz Geissler näher?", wollte Juskowiak wissen. Stadler rieb sich nervös die Hände. Die Befragung setzte ihm sichtlich zu. „Ja", antwortete er leise. „Aber eher flüchtig. Ich bin ihm immer wieder einmal über den Weg gelaufen. Wie es halt so ist, wenn man in einem Haus wohnt."

Juskowiak überlegte, wie er die nächste Frage formulieren sollte. Im Prinzip stand fest, weshalb die Befragung durchgeführt wurde. Allerdings machte Stadler einen schüchternen, unbeholfenen Eindruck. Juskowiak wollte sein Gegenüber nicht bloßstellen. Er versuchte unverfangen das heikle Thema anzuschneiden. „Kannte Ihre Frau Herrn Geissler?", rutschte ihm die unpassende Eröffnung heraus. Juskowiak senkte den Blick und wischte sich fest über die Stirn. So eine dämliche Frage, tadelte er sich in Gedanken. Natürlich wussten beide über das Verhältnis zwischen Sabine Stadler und Franz Geissler Bescheid.

„Ja … Meine Frau …“, begann Stadler schüchtern zu erklären. Juskowiak
räusperte sich. „Entschuldigen Sie bitte, Herr Stadler. Ich bin natürlich
über den Seitensprung Ihrer Frau informiert. Deshalb reden wir ja miteinander.“ Der Begriff „Seitensprung“ wirkte tatsächlich für beide befreiend
– das Thema war nun unmissverständlich eröffnet.
„Sie glauben, ich hätte etwas mit dem Mord an Franz Geissler zu tun, wegen meiner Frau und ihm?“ Die klare Frage überraschte Juskowiak. „Ich
glaube gar nichts. Ich möchte mir zuerst ein genaueres Bild über das Umfeld von Franz Geissler machen. Und dazu gehört natürlich auch diese
Geschichte.“ Überraschenderweise wirkte Stadler nun deutlich souverä-
ner. Innerhalb weniger Augenblicke hatte sich seine Körpersprache verändert. Belastete ihn tatsächlich die unausgesprochene Affäre seiner Frau
und nun, da das Thema offen angesprochen war, konnte er befreit reden?
Stadler lehnte sich zurück. Er tippelte mit Zeige- und Mittelfinger der rechten Hand auf der Tischoberfläche. „Schauen Sie: Ich bin jetzt 53 Jahre alt.
Meine Frau 37. Mit dem Alter wird das eigene Verlangen ja nicht unbedingt größer. Und meine Frau ist ja noch jünger …“
Verblüfft starrte Juskowiak auf den Befragten. Wollte er damit andeuten,
dass ihm der Seitensprung seiner Frau völlig gleichgültig war? Warum
druckste er dann zu Beginn der Befragung derart herum? Und nun war er
die Ruhe in Person und wollte auf diese Art erklären, dass der Seitensprung seiner Frau eigentlich eine Lappalie war? Ein kleiner Ausrutscher,
den man doch aufgrund des Altersunterschiedes verstehen mochte.
Juskowiak mochte es nicht glauben. „Sie sehen die Sache also völlig entspannt?“, lautete seine nächste Frage. Stadler lächelte etwas verlegen.
„Nun ja – ‚entspannt‘ ist das falsche Wort. Ich bin eben Realist.“ – „Realist?“, wiederholte Juskowiak halb fragend. „Ja“, erwiderte Stadler. Er
zuckte mit den Schultern. „Als ich damals meine Frau geheiratet habe, war
mir schon klar, dass der Altersunterschied eine enorme Bürde bedeuten
würde. Ganz ehrlich: Ich hatte schon damals mit so etwas gerechnet. Aber
ich habe sie geliebt.“
Juskowiak hob den Kopf und musterte Stadler intensiv. Dieser wich dem
Blick aus und betrachtete seine ineinander gefalteten Hände. „Es ist wirklich so. Natürlich gefällt mir die Sache nicht. Aber ich habe so was immer
für möglich gehalten.“ Juskowiak atmete tief durch. Der Befragte wirkte
unehrlich. „Wie haben Sie von dem Seitensprung erfahren?“ Stadler nickte und erklärte: „Frau Geissler hat es mir erzählt. Sie ist der Sache auf die
Spur gekommen.“ – „Wie?“, lautete Juskowiaks kurze Nachfrage. Stadler
blies die Backen auf. „Ach … Sie hatte zufällig ihren Mann durch das Fens-

ter beobachtet und wie er eben das Mietshaus betrat. Dann hat sie eben nachgeschaut. Es gibt ja bloß zwei Parteien im Parterre."
Juskowiak hatte das Vernehmungsprotokoll von Sabine Stadler noch recht präzise im Kopf. Die Aussagen stimmten überein. Juskowiak fuhr sich mit der Zunge über seine Vorderzähne. Er überlegte. Mit der rechten Hand hob er kurz seine Notizen an und überflog die Stichpunkte. Wenig, dachte er. Dennoch misstraute er dem Befragten. Irgendetwas an seiner Art störte ihn. Dieser abrupte Stimmungswechsel, vom schweigsamen, gehörnten Ehemann zum entspannten Bürger mit offener Lebenseinstellung. Es reizte Juskowiak und so fragte er: „Wo waren Sie in der Nacht von Sonntag, den 26. Mai 1968 auf Montag, den 27. Mai 1968?" Die erhoffte Wirkung seiner Frage verpuffte vollends. Stadler antwortete, ohne zu zögern: „Mit meiner Frau zu Hause. Sie kann Ihnen das bestätigen." Juskowiak schnaufte laut aus. Als hätte Stadler die Frage erwartet. Wie auswendig gelernt, dachte er.

10

Dieter Steiglechner zog den Silberring, der seine Stoffserviette umfasste, ab. Er wandte seinen großen, kahl geschorenen Kopf in Felix Richtung. „Freut mich, dass du wieder mal mit uns zu Abend isst", sagte er mit weicher Stimme. Theresia Steiglechner betrat das Wohnzimmer. Sie hielt eine große, rot-weiß bemalte Suppenterrine in der Hand und stellte diese schließlich auf den Tisch. Sie setzte sich und rührte noch einmal mit dem Schöpflöffel durch die Suppe.
Dieter Steiglechner bekreuzigte sich. Seine Frau Theresia und die 14-jährige Tochter Elisabeth taten es ihm gleich. Nur Hannes, der 16-jährige Sohn der Steiglechners lächelte spöttisch. Felix Trepper presste die Lippen zusammen und nickte seinem Schulfreund zu. Auch seine Mundwinkel zuckten etwas nach oben. „Oh Gott von dem wir Alles haben. Wir preisen dich für deine Gaben. Du speisest uns, weil du uns liebst. Oh segne auch, was du uns gibst. Amen", beteten Vater, Mutter und Tochter in beinahe vollkommener Synchronität.
Felix und Hannes blieben stumm. Hannes verdrehte dabei die Augen nach oben und schüttelte leicht mit dem Kopf. Sein Vater versuchte die Reaktion zu ignorieren, wenngleich er einen scharfen Blick auf seinen Sohn warf, dann jedoch wieder den Blick zur Tischfläche hinab richtete.

„Sollten wir denn nicht auch zur Deutschen Bundesbahn beten? Die haben das ganze Festmahl hier ja wohl wirklich bezahlt", frotzelte Hannes. Er spielte auf die Anstellung seines Vaters an, der als Bahndirektor am Münchner Hauptbahnhof sein Geld verdiente. „Hannes!", ermahnte ihn die Mutter, indem sie lediglich seinen Vornamen laut aussprach. Dieter Steiglechner schöpfte mit einer großen Kelle Suppe in den Teller seiner Tochter. „Lass doch den hochwohlgeborenen Herrn. Der weiß einfach alles besser", kommentierte Herr Steiglechner sichtbar genervt.

Felix war die Situation unangenehm. Er blieb völlig still und bemühte sich niemanden anzusehen. „Wie war es heut in der Musikstunde?", fragte Dieter Steiglechner seine Tochter. Das dunkelhaarige Mädchen antwortete zwischen zwei Löffeln Suppe: „Ganz gut." Ansonsten herrschte Stille am Tisch. Steiglechner wollte ein kleines Gespräch entwickeln, kannte aber die allabendlichen Provokationen seines Sohnes beim gemeinsamen Abendessen und wollte ihn genau deshalb nicht ansprechen. An ihm vorbei richtete er an Felix die Frage: „Wie geht's Deinem Vater? Hab ihn schon lange nicht mehr gesehen?"

Felix senkte seinen Suppenlöffel und blickte kurz auf. „Ja … Gut. Viel Arbeit bei der Polizei, aber sonst ganz gut." Hannes Steiglechner lächelte ironisch und schüttelte den Kopf. „Das ist alles, was Dich heut interessiert? An so einem Tag interessiert dich Musikstunde und Polizeigeschichten …" Steiglechner schnaufte laut hörbar aus. Er vermied Blickkontakt mit seinem Sohn und aß weiter, als hätte niemand etwas gesagt. „Vielleicht ist es dir ja auch entgangen: Heute wurde die Demokratie aus den Angeln gehoben." Den Ausdruck hatte sich Hannes bei Uwe Seidler gemerkt. Dieser hatte den gesamten Nachmittag emotional die Abstimmung über die Notstandsgesetze kommentiert.

„Damit erledigt sich auch die Frage, was unser Herr Sohn heute so getrieben hat: Er war wohl wieder mit diesen Studenten-Taugenichtsen unterwegs", kommentierte der Vater, ohne seinen Sohn eines Blickes zu würdigen. Man spürte, dass Hannes auf eine solche Aussage nur gewartet hatte. „Taugenichtse, meinst Du? Ich denke, die echten Taugenichtse waren vor 45 braun – und sind es heute wieder." Der Vater blieb stumm. Demonstrativ löffelte er weiter aus seinem Suppenteller. Tochter und Mutter taten es ihm gleich.

Die ausbleibende Reaktion konnte den Sohn jedoch nicht mehr aufhalten. Er setzte nach: „Nur dieses Mal werden es die Braunen nicht so leicht haben. Dieses Mal steht die Jugend auf!" Erneut antwortete niemand auf Hannes Aussagen. „Die Notstandsgesetze sind nicht der erste Schritt in

Euer Viertes Reich. Sie sind der Startschuss für Widerstand!" Mit der Bezeichnung „Euer Viertes Reich" wollte er seinen Vater provozieren. Dieter Steiglechner war als Jugendlicher in die Hitlerjugend eingetreten und hatte sich 1943 freiwillig zur Waffen-SS gemeldet. „Du musst wissen, dass sich Papa wieder nach den großen Zeiten sehnt", erklärte Hannes mit lauter Stimme seinem Freund Felix. In Wirklichkeit richtete sich seine Erläuterung nicht an den Schulfreund am Tisch, sondern natürlich – als weitere Provokation – an den Vater. Doch dieser hielt noch immer stand und konzentrierte sich auf sein Abendmahl.

Theresia Steiglechner, die eine gutmütige, tief gläubige Frau war, begann in Gedanken zu beten. Sie ertrug kaum die ständigen Streitereien zwischen ihrem Mann und dem Sohn. Sie hatte Dieter auch mehrmals inständig gebeten, nicht auf die Provokationen des Sohnes zu reagieren. „So sind die Jungen nun mal in diesem Alter", hatte sie erklärt.

„Er war nämlich mal ein großer Held: Mit dem Karabiner gegen Juden, Zigeuner, Polen, Russen und sonst noch jeden, der nicht blond oder blauäugig war", setzte Hannes nach. Die Grenze war überschritten. Herr Steiglechner antwortete ruhig, ohne von seinem Suppenteller aufzusehen: „Ich war Soldat. Kein Mörder." Hannes konnte sich ein breites Grinsen nicht verkneifen. Wenngleich er eigentlich ernst bleiben mochte, bei der ersehnten politischen Auseinandersetzung. Endlich hatte sein Vater reagiert. „Gemeinhin sieht man an der schwarzen Uniform heute eher einen Metzgergesellen als einen anständigen Soldaten. Einen Menschenmetzger", konkretisierte Hannes triumphierend.

„Schäm dich", erwiderte der Vater halblaut. „Ich?", fragte Hannes laut auflachend. „Ich soll mich schämen?" Er schüttelte theatralisch den Kopf. „Ich denke, jeder an diesem Tisch weiß, wer sich wirklich schämen sollte. Sechs Millionen tote Juden mahnen nicht mich. Ich habe daran keinen Anteil. Dann schon eher jemand anderes an diesem Tisch." Felix starrte gebannt auf seinen Freund. Er hätte sich niemals getraut, so mit seinem Vater zu sprechen.

Herr Steiglechner hob nun den Kopf. Sein Gesicht lag in zorniger Anspannung. Auf seiner Stirn zeichnete sich eine Ader ab. „Ich habe nur für mein Vaterland gekämpft. Daran habe ich geglaubt. Daran ist nichts Falsches." – „Du hast für Faschisten gekämpft. Daran ist alles falsch", erwiderte der Sohn umgehend. Auch er wirkte nun zunehmend erregt. „Das kann man heute so sehen. Damals hatte man einen anderen Blick darauf. Das ist nicht so leicht, wenn man in einem Land lebt, indem es keine andere öffentliche Meinung gibt. Das ist schwierig. Heute ist das anders", gab der Vater zurück.

Der Sohn schüttelte entschieden mit dem Kopf. „Damals, heute … Da gibt es eben keinen Unterschied. Wer anständig ist, macht da nicht mit. Und du hast mitgemacht. Und zwar mit großer Freude. Du warst einer von denen. Du warst ein Faschist. Du warst ein Nazi. Aber was heißt ‚warst'? Bist du denn nicht noch einer?"

Herr Steiglechner erhob sich wie vom Blitz getroffen von seinem Platz, beugte sich über den Tisch und gab seinem Sohn eine schallende Ohrfeige. Umgehend färbte sich die linke Backe von Hannes rot. „Dieter!", rief Frau Steiglechner mahnend. „Lass den Jungen doch." Die anderen am Tisch sahen erschrocken auf die beiden Kontrahenten.

Hannes lächelte triumphierend. Der Schlag des Vaters machte ihn zum moralischen Sieger. „Alles in Ordnung, Mama. So sind diese Typen einfach: alles mit Gewalt. Von Diskussion haben die doch keine Ahnung. Ein Faschist bleibt eben ein Faschist." Der hochgeschossene Junge stand vom Tisch auf. Auch Felix erhob sich. Hannes wandte sich zu seinem Freund: „Lass uns noch ein wenig frische Luft schnappen."

Felix bejahte den Vorschlag. Er nickte Herrn Steiglechner zu. Hannes verließ direkt den Raum. Felix stoppte kurz. Er mochte die Eltern von Hannes. Viele Jahre kannte er nun schon die beiden und ging in der Wohnung der Steiglechners ein und aus. „Danke für das Abendessen. Ich wünsche Ihnen noch einen ruhigen Abend", stammelte er leise. Felix wollte nicht grußlos die Wohnung der Steiglechners verlassen.

Frau Steiglechner wischte sich in eine Träne aus dem Gesicht. Sie nickte mit gequältem Lächeln. „Danke Felix. Bitte richt Deinen Eltern einen schönen Gruß aus." Herr Steiglechner, der noch immer stand, nickte emotionslos. Dann ließ er sich auf seinen Stuhl fallen.

11

Wilhelm Seebach versprühte noch immer den Glanz alter Tage. Die Unterwelt-Legende ging nun bereits in sein 71. Lebensjahr. Natürlich hatte der Zahn der Zeit an ihm genagt. Sein Haar war sehr dünn und grau geworden. Keine Spur mehr von dem pechschwarzen, sauber frisierten Haarschopf. Ebenso sein gepflegter, dünner Schnurrbart. Auch sein Gesicht war gealtert. Tiefe Falten zogen sich über beide Backen und die Stirn. Seine Augen sahen etwas verwaschen aus.

Doch ein Wilhelm Seebach trat nicht auf wie ein gediegener Senior: Sein schneeweißer Sommeranzug strahlte hell im schummerigen Vernehmungsraum II des Münchner Polizeipräsidiums. Ein goldumrandetes Monokel hing an seinem Jackett. Mit all seiner Lässigkeit, die er sich über die Jahre zwischen Halb- und Unterwelt angeeignet hatte, griff er in die rechte Innentasche seine Jacketts und holte ein vergoldetes Zigarettenetui hervor.

„Geh, Simon ..." Er schüttelte mit dem Kopf, während er eine Zigarette aus dem Etui hervorholte. „Du enttäuscht mich jetzt scho ein bisserl." Seebach hatte sich angewöhnt, Trepper zu duzen, während Simon Distanz wahrte und Seebach weiterhin siezte.

Trepper und Seebach hatten in den vergangenen Jahren oftmals miteinander zu tun. Aufgrund seiner vielschichtigen Verwicklungen mit Münchens krimineller Szene, wurde Seebach einige Male vorgeladen. Zumeist als Zeuge oder Hinweisgeber - aber manchmal auch als Verdächtiger.

Seebach zündete sich seine Zigarette an und schubste das Etui über den Holztisch in Treppers Richtung. Lässig rauchte er aus und schüttelte abermals mit dem Kopf: „Du glaubst doch ned, dass ich wegen den paar Mark einen um die Ecke bringe." Simon warf kurz einen Blick auf das Zigarettenetui, hob dann den Kopf und erwiderte: „Ein paar Mark? Laut den Kontoauszügen und Schuldscheinen, die wir gefunden haben, handelt es sich um 52 000 DM. Also ich bin jetzt einige Jahre in der Löwengrube — wir hatten auch schon Morde wegen 500 Mark."

Seebach grinste breit. „Ja, wenn irgendein Hansel wegen dem Sparstrumpf von irgendeinem Niemand mit der Büchsn übern Hof läuft, mag des scho sein. Aber mittlerweile dürftest mich kennen. Ich hab Klasse. Und davon ned zu wenig. Ich komm scho zu meinem Geld." Er warf einen mitleidigen Blick auf Trepper. Es machte den Eindruck, als zweifle er an Treppers Kompetenz. „Und wenn ich ihn umbringe? Wie komm ich dann zu meinem Geld?"

Die Frage hatte durchaus seine Berechtigung. Doch Seebach war gesehen worden. In der Mordnacht parkte Seebachs auffälliger, schwarzer Mercedes 300 SEL in der Nähe von Geisslers Wohnung. Erna Mauerberger, die gegenüber in einer kleinen Erdgeschosswohnung lebte, war der unbekannte PKW aufgefallen. Frau Mauerberger lebte schon seit über 15 Jahren in dieser Wohnung. Die alte Frau beobachtete gerne die Straße und die Menschen, die sich dort bewegten. Als alleinstehende Rentnerin hatte sie genügend Zeit für dieses — wenn man es so nennen will — Hobby. Als sie den schwarzen Mercedes sah, rückte sie ihre Zeitungslektüre an das

Fenster zur Straße. Sie wollte einfach wissen, wer von den Nachbarn sich ein solch teures Gefährt zugelegt hatte. Als dann ein völlig unbekannter Mann mit Anzug und Krawatte in den Wagen stieg, war ihre Neugierde geweckt.

Am nächsten Tag erfuhr sie von der Ermordung Franz Geisslers. Es dauerte einen Tag, bis sie den richtigen Ansprechpartner gefunden hatte. Schließlich sagte sie auf einer normalen Münchner Polizeiwache aus.

Zuerst überflog Trepper die protokollierte Aussage nur flüchtig. Es gingen etwa zwei Dutzend unbrauchbare Hinweise aus der Bevölkerung ein. Trepper hielt auch diesen Hinweis für wenig aussagekräftig. Aber die Beschreibung – hochgeschossener älterer Herr in Anzug und Krawatte, grauer Schnurrbart, auffällige Mercedeslimousine – Simon dachte sofort an Seebach. Und tatsächlich fanden sich auch in Franz Geisslers Unterlagen Beweise für eine Verbindung zwischen Seebach und Geissler: Drei Anlagescheine über mehrere Zehntausend DM ließen keine Zweifel an einem zumindest geschäftlichen Verhältnis zwischen Wilhelm Seebach und Franz Geissler. Den Anlagescheinen stand zudem kein nennenswerter Besitz gegenüber. Franz Geissler war restlos pleite.

„Waren Sie auch bei Franz Geissler zu Hause?" Seebachs Unbeschwertheit verflog ein wenig. Sein Gesicht nahm umgehend ernstere Züge an. Er überlegte. „Gibt es da wirklich so viel zu überlegen?", setzte Trepper eine spitze Nachfrage. Seebach vermutete richtig: Man hatte ihn also gesehen, als er am Tag der Ermordung Franz Geisslers dessen Wohnung aufgesucht hatte. Eigentlich hätte er diesen Termin gerne verschwiegen. „Ja. Des stimmt scho. Ich bin am Sonntag bei dem Burschen gewesen. Wollt ihm mal ein bisserl in die Schuhe helfen. Aber des war um 9e. Und wo ich gegangen bin, war der putzmunter. Also mit dem Mord hab ich nix am Hut."

Trepper nickte. „Wie verlief das Gespräch?", lautete seine nächste Frage. Seebach ließ beide Mundwinkel etwas hängen. „Ja mei … A Gaudi war's ned. Wenn's ums Geld geht, kann's scho mal etwas wilder zugehn." Er zuckte mit dem Schultern. „Ich hab ihm sehr deutlich gemacht, dass ich mein Geld zurückhaben möcht." – „Und was wenn nicht?", wollte Trepper wissen.

Seebach senkte etwas den Blick und lächelte. „Du, ich weiß scho, was ich sagen muss, damit der andere die Hosen voll hat." Er suchte Augenkontakt mit Trepper. „Du, aber mit dem Mord hab ich nix am Hut." Trepper erwiderte den Blick. Er nickte leicht. Wer würde das auch schon offen zugeben, dachte Simon.

Juskowiak klappte den geöffneten Aktenordner zu. „Frauen und Geld", fasste er zusammen. Simon ging zur Tafel und atmete laut aus. „Ja", bestätigte er. „Irgendwie wird es schon damit zusammenhängen." Auf der Tafel standen die bisher vernommenen Verdächtigen: Wilhelm Seebach, Peter Stadler und Geisslers Ex-Frau.

„Interessant, dass der Geissler auch immer doppelt hinlangte: Der hat dem Stadler mit dessen Frau betrogen und ihn um 40 000 Mark erleichtert." Trepper lächelte. „Bei Seebach schaut es ja irgendwie ähnlich aus: 50 000 Mark und er ging in seinem Bordell ein und aus." Juskowiak stand auf und ging zu Trepper an die Tafel. Er betrachtete das Bild von Seebach. „Und was hältst du vom Seebach?" Juskowiak wusste, dass Simon ihn aus etlichen vorangegangen Fällen kannte. Trepper winkte ab. „Glaub ich nicht. Ich weiß schon: Er war am Abend beim Geissler. Sicher hat es da gekracht. Aber ein Mörder ist der Seebach nicht. Eher ein Aufschneider. Ein Weiberheld, der, wenn es hart auf hart kommt, eher Reißaus nimmt." Er drehte seinen Kopf zu Juskowiak. „Und Dein Peter Stadler?" – „Mh ...", brummte Treppers Kollege und schwankte unschlüssig mit dem Kopf. „Könnte schon passen. Andererseits behauptet er, ihm wär die Sache mit seiner Frau egal. Und das Geld würde er auch nicht unbedingt brauchen." Juskowiak zog den Magneten, der Stadlers Bild hielt, etwas nach oben. Nun waren die drei Bilder auf einer Ebene. „Ich hab beim Finanzamt angefragt. Offiziell dürfte ich ja nix wissen, aber der Bursche hat mir schon zu verstehen gegeben, dass Stadlers Immobilienfirma gut läuft." Trepper presste die Lippen zusammen. „Na ja. Frauen und Geld", wiederholte er Juskowiaks Eingangsbemerkung. „Da muss mehr sein ...", murmelte Trepper, während er die drei Verdächtigen erneut reihum betrachtete. „Die Frau?", schlussfolgerte Juskowiak aus Treppers Worten. Simon nickte. „Spontan würde ich ja sagen."

Annemarie strich sich langsam über ihre glatten, blonden Haare. Sie wirkte müde und angespannt. Sie schien sich über die erneute Befragung ernstlich zu ärgern. „Und von einem Dietrich haben Sie noch nie etwas gehört?", erwiderte sie Treppers Hinweis, dass der Mörder Franz Geisslers Wohnung ohne Gewalt betreten hatte. Darauf beruhte ein Teil des Ermittlungsansatzes: Franz Geissler musste seinen Mörder gekannt haben. Er hatte die Tür selbst geöffnet.

Simon gefiel der aggressive Ton der Befragten nicht. „Nun, Frau Geissler, die Münchner Kriminalpolizei verfügt über gut 100 Jahre Ermittlungserfahrung", entgegnete er verärgert. Trepper hatte die Angabe „100 Jahre" spontan eingefügt. Er wusste nicht genau, wie lange es schon eine gesonderte Kriminalpolizei gab.
„Unsere Spurensicherung hat einwandfrei festgestellt, dass am Haustürschloss nicht manipuliert wurde." Annemarie Geissler lächelte spöttisch. Simon ließ sich davon nicht irritieren und setzte mit kühler Stimme die Befragung fort: „Sie besaßen ja wahrscheinlich noch einen Wohnungsschlüssel, nicht wahr?" Sie blieb stumm. Treppers Zorn steigerte sich. „Ich bitte Sie, Frau Geissler – benehmen Sie sich nicht wie ein kleines Kind." Die Ansprache zeigte Wirkung. Umgehend bestätigte sie: „Natürlich besitze ich einen Schlüssel für die Wohnung."
Trepper nickte zufrieden. „Wann waren Sie zuletzt in der Wohnung Ihres Ex-Mannes?" Sie antwortete nicht direkt. Es sah aus, als würde sie die richtige Antwort abwägen. „Ich weiß es nicht mehr genau", lautete ihre unsichere Antwort. Trepper wurde hellhörig. Sie schwankte. „Ungefähr? Vor ein paar Tagen, ein paar Wochen?" Sie zögerte erneut. Sie sucht nach der richtigen Antwort, dachte Trepper. Hatte sie Angst, sich zu verplappern? Glaubte sie, die Mordkommission wusste genau Bescheid über ihre Besuche in der Wohnung ihres Ex-Mannes? Hatte sie etwas zu verbergen? „Ich kann es Ihnen wirklich nicht mehr genau sagen", blieb sie erneut im Ungefähren. Sie log, war sich Trepper sicher. „Wann ungefähr?", erneuerte er seine vorherige Frage. „Ein, zwei Wochen", antwortete sie nun umgehend und scheinbar genervt. Trepper setzte unmittelbar nach. „Waren Sie am Tag der Ermordung Ihres Ehemannes in der Wohnung?" Wieder folgte keine direkte Antwort. Sie stammelte: „Ich ... Also ... Nein. Nein. Ich war nicht an dem Tag in der Wohnung."
Simon senkte seinen Blick. Er musste ein Lächeln unterdrücken. Sie log, dachte Trepper.

13

Eine ältere Dame zog ihre Handtasche eng an den Körper. Mit großen Augen betrachtete sie Uwe Seidler. Seidler genoss den halb-verächtlich, halb-verängstigten Blick. Mit ausladender Geste machte er eine tiefe Verbeugung und erklärte mit verzerrter Stimme: „Zu Ihren Diensten, Euer

Hochwohlgeboren!" Die alte Frau schüttelte mit entsetztem Blick ihren Kopf und ging schnell vorüber.

Seidler streckte sich wieder empor, lächelte und nahm einen großen Zug von seiner selbst gedrehten Zigarette. „Spießer", kommentierte er trocken. Sabine Angermeier seufzte halblaut. „Du bist ein Kind", erklärte sie mit genervtem Gesicht. Seidler setzte sich zu ihr auf die Parkbank. Er verschränkte die Hände hinter seinem Kopf und betrachtete den Monopteros des Englischen Gartens, der etwa 100 Meter entfernt auf einer Anhöhe stand. „Was gefällt Dir denn nicht an meinen grazilen Bewegungen?" Sie zog ihre Augenbrauen zusammen. „Weil Du Kindskopf alle Leute vergraulst. Glaubst Du, so können wir Aufklärung leisten und die Leute auf die richtige Seite ziehen?"

Seidler grinste. Er deutete mit dem rechten Zeigefinger in die Richtung, in welche die alte Frau gegangen war. „Glaubst Du, diese alten Faschisten kann man noch umdrehen?", antwortete er mit einer Gegenfrage. Sabine verdrehte ihre Augen. „Uwe – es ist nicht jeder Mensch auf der Erde, der nicht unsere Meinung zum Sozialismus teilt, automatisch ein Faschist!", erwiderte sie sichtlich verärgert. „Du benutzt das inflationär."

Ihr Partner winkte ab. Er erhob sich und ging zu dem blauen Augustiner Bierkasten, der im Schatten einer Eiche stand. Reinhold Bichlmaier – von allen aus der Clique nur Reihni genannt – pflichtete seinem Kumpel bei. „Du musst mal aufwachen, Sabine. Diese ganzen alten Säcke – des sind einfach lauter Faschisten. De ham doch gar koa Ahnung, was Freiheit bedeutet. De kannst ned einfach umdrehen. Die müssen aussterben. Wie die Dinosaurier. Danach geht's wieder aufwärts."

Sabine drehte sich demonstrativ zu Felix und Hannes, die beide im Gras saßen. „Ihr zwei seid mir deutlich männlicher, wie die zwei Kindsköpfe", bemerkte sie spitz. Felix lächelte verlegen. Er wollte mit ihr das Gespräch aufnehmen, brachte jedoch keinen Ton heraus. Ihm fiel auch kein Gesprächsthema ein, mit dem er sich unterhalten hätte können. Dennoch genoss er den Anblick seines Schwarms.

„Die Zeit für Reden ist vorbei!" Sabine drehte sich um. Rosina Thoma, eine Kommilitonin, die zum erweiterten Freundeskreis zählte, hatte sich so geäußert. „Reden kann man immer", entgegnete Sabine. Rosina schüttelte entschieden ihr blondes Haupt. „Nein! Eben nicht. Wir reden eh schon zu viel. Die anderen handeln. Denk doch an die Notstandsgesetze. Oder was sie Rudi angetan haben." Jeder wusste, dass mit „Rudi" Rudi Dutschke gemeint war und mit „sie" alles, wogegen man rebellierte: den Staat, die Wirtschaft, die Lehrer, die Eltern.

Seidler setzte sich auf die Holzlattenbank zu seiner Freundin. Er legte seinen Arm um ihre Schulter und grinste breit. „Auch bei uns gibt es Leute, die handeln. Denkt mal an Frankfurt." Auch hier genügte die Nennung eines Namens. Unter „Frankfurt" verstanden alle sofort die am 2. April von Andreas Baader, Gudrun Ensslin, Thorwald Proll und Horst Söhnlein begangenen Brandstiftungen auf zwei Frankfurter Kaufhäuser. „Gewalt ist keine Lösung. Gewalt kann keine Lösung sein", bestand Sabine Angermeier.

Seidler nickte heftig mit dem Kopf. „Oh doch! Gegen Gewalt hilft nur Gewalt! Nichts anderes. Wir müssen Gewalt ausüben. Nur so lassen sich die Faschisten aufhalten. Oder wollt ihr ein neues 33?" Er redete sich in Rage. Hermann Geissler, der bis jetzt mehr unbeteiligt der Diskussion gefolgt hatte, erhob sich von seinem Sitzplatz am Boden und stand auf. Seidler sah zu ihm hinüber. „Oder Hermann? So ist es doch. So wie bei Deinem Vater …" Seidler brach ab. Hermann Geissler warf ihm einen finsteren Blick zu. „Warum? Habt ihr was gemacht?", fragte Sabine aufgeregt.

Hermann Geissler drehte sich sofort um und ging fort. Sabine riss an Seidlers Hemd. „Was habt ihr gemacht? Habt ihr was damit zu tun?" Seidler räusperte sich. „Nix", erklärte er lapidar. „Nix?", wiederholte Sabine seinen Wortlaut umgehend. „Sah aber anders aus!"

Wieder stand Seidler auf. Er atmete tief ein und wieder aus. „Ach was … Wir sind doch keine Mörder", brummte er halblaut und ging davon.

14

Trepper hielt die hellblaue Karte hoch und betrachtete noch einmal den Titel des Dokuments: „Waffenbesitzkarte". Seine Augen suchten den Raum ab und fingen sich bei seinem Kollegen Walter Juskowiak. Dieser räumte gerade den nächsten Regalboden aus. Fein säuberlich stapelte er Buch um Buch neben sich. Trepper legte die Karte auf Geisslers Schreibtisch ab und ging die wenigen Schritte zu seinem Kollegen. „Wie bist Du drauf gekommen?" Juskowiak richtete seinen Blick konzentriert auf seine Ausräumtätigkeit. Er antwortete nebenbei: „Ein Arbeitskollege vom Geissler hat das erzählt. Der Geissler hatte ihn mal auf einen Dämmerschoppen eingeladen. Und nach ein paar Gläsern hat er dann hier den Schießprügel rausgeholt."

Trepper hob die Augenbrauen und nickte, ohne dass Juskowiak seine Geste sehen konnte. Deshalb also konzentrierte sich Juskowiak so auf das

Bücherregal. Trepper war erst seit einigen Minuten in Geisslers Wohnung. Juskowiak hatte ihm in der Löwengrube die Nachricht hinterlegt, er möge schnell an den Tatort im Mordfall Geissler kommen. Dort gäbe es wahrscheinlich eine neue Spur.

Das große Bücherregal war bereits zu weit über der Hälfte ausgeräumt. Große Stapel mit Büchern unterschiedlichster Formate reihten sich aneinander. „Der Zeuge meinte, es müsste irgendwie ein verstecktes Fach geben. Da muss man draufdrücken und es springt auf", erklärte Juskowiak, als er wiederum mit seiner Hand auf die leere Rückwand eines Regalbodens drückte. Da kein Mechanismus auslöste, klopfte er mit der Faust gegen das Eichenholz. Juskowiak schnaufte durch. „Am liebsten würde ich eine Axt holen und das ganze Ding zusammendreschen", brummte er genervt.

Nun begann auch Trepper einen der Regalböden auszuräumen. „Wie ging es mit Frau Geissler?", fragte Juskowiak beiläufig, ohne seine Ausräumarbeit zu unterbrechen. Auch Simon konzentrierte sich nun auf das Bücherregal und antwortete nebenher: „Ja … Durchaus verdächtig. Sie muss wohl noch in den letzten Tagen in der Wohnung gewesen sein. Sie hat auch einen Schlüssel dafür. Aber man muss auch sagen: Das ist noch zu wenig. Ich würde es ihr zutrauen. Aber … Da muss noch mehr kommen. Eifersucht, gekränkte Eitelkeit, eine zerrüttete Familie – daran kann man etwas konstruieren. Doch echte Beweise sind das nicht."

Trepper hob das Buch „Die Leiden des jungen Werthers" an. Im Gymnasium hatten sie das Werk Goethes behandelt. Er räumte den Band auf seinen ersten Bücherstapel hinter sich. „Und es handelt sich um eine Walther P38?", fragte Trepper sicherheitshalber nach. Zwar stand diese Waffenbezeichnung bereits auf der Waffenbesitzkarte, er wollte es jedoch noch einmal von seinem Kollegen bestätigt wissen. Es handelte sich um keine reine Wissensfrage, mehr um einen Baustein, das Gespräch aufrecht zu halten.

„Ja", antwortete Juskowiak erwartungsgemäß. „Der Arbeitskollege vom Geissler hat das gleich erkannt. Der hat selber gedient, bei den Pionieren. Der hatte das Ding auch in der Hand." Trepper erinnerte sich an den Befund der Kriminaltechnik. Diese hatten, aufgrund des Projektils, eine Walther P38 als wahrscheinlichste Tatwaffe angegeben.

Simon räumte das Bild ab, auf dem Geissler neben einigen anderen Männern im Anzug abgebildet war. Er hatte dieses Bild schon bei seiner ersten Tatortbesichtigung aufmerksam gemustert. Im Hintergrund der Bildszene stand eine Hakenkreuzfahne. Geissler musste im Krieg eine hohe Funktion bekleidet haben. Aber mit diesen alten Geschichten wollten sich die Mordermittler aus der Löwengrube nicht befassen. Das Mordmotiv schien deutlich näher in den gegenwärtigen Affären und Betrügereien Geisslers zu liegen.

Trepper kam an ein Buch, dessen Rücken mit einem Stück Papier verklebt war. Handschriftlich stand auf dem aufgeklebten, karierten Zettel: „Benutzen auf eigene Gefahr". Die ominöse Aufschrift weckte Simons Interesse. Er öffnete das Buch und sah auf der zweiten Seite das Porträt Adolf Hitlers. Auf der Seite daneben stand der Titel des Buches: „Mein Kampf von Adolf Hitler". Simon schloss das Buch und legte es auf den Stapel hinter sich. Benutzen auf eigene Gefahr, ging er die Beschriftung noch einmal in Gedanken durch. Passend, urteilte Trepper.

Er steigerte sein Tempo. Noch etwa 5 Bücher standen auf diesem Regalboden. Eigentlich müsste sich die Waffe doch hier befinden, überlegte Simon. Er warf einen kurzen Blick auf die Titel der restlichen Bücher – es handelte sich ausschließlich um geschichtliche Abhandlungen der NS-Zeit.

Es kribbelte in Treppers Fingern, als nun dieser Regalboden leer geräumt war. Er zog den Ärmel seines Hemdes über seine Finger und presste seine flache Hand auf die hölzerne Regalwand. Sofort hörte er den mechanischen Klang einer Vorrichtung. Er konnte das Holz etwa einen Zentimeter nach innen drücken und zog dann seine Hand zurück. Unmittelbar, nachdem Simon seine Hand zurückgezogen hatte, öffnete sich ein verdecktes Geheimfach. Simon drehte sich zu Juskowiak. „Ich glaube, wir haben es gefunden." Umgehend ließ Juskowiak von seinem Regalfach ab und eilte zu seinem Kollegen.

Trepper zog erneut das Hemd über seine Finger, um keine eventuellen Spuren zu verwischen. Er griff vorsichtig in das kleine etwa 40 Zentimeter breite Fach und schob den Inhalt auf den vorgelagerten Regalboden. In dem Geheimfach befanden sich zwei 1000 DM-Scheine, ein Kriegsverdienstkreuz, etliche lose herumliegende Silbergedenkmünzen und eine verschlossene Geldkassette. Ein kleines Vorhängeschloss versperrte die schmale Metallkiste. Simon und Juskowiak sahen sich an. „Sollen wir das Ding erst zur Spurensicherung bringen?"

Juskowiak lächelte. „Du bist nicht neugierig?" Trepper lächelte zurück. Wieder bemühte er sich, seine Finger unter dem Ärmel seines Hemdes zu verdecken, und trug so die Kassette auf Geisslers Schreibtisch. Noch ehe sich Trepper nach einem geeigneten Werkzeug umsehen konnte, hatte Juskowiak bereits einen großen Stein in der Hand. Es handelte sich um einen Splitter der Zugspitze, den Geissler als Souvenir auf seinem Schreib-

tisch liegen hatte. Ohne das weitere Vorgehen zu besprechen, drückte Trepper die Kiste mit seiner eingewickelten Hand auf die Schreibtischoberfläche. Juskowiak holte aus und schlug das kleine Schloss samt Halterung hinab. Trepper öffnete vorsichtig den Deckel.
Kurz blickten beide in das Innere der Metallkassette. Dann hoben sie beide zeitgleich den Kopf, sahen sich in die Augen und nickten wiederum zeitgleich. Sie waren sich sicher: Die Mordwaffe lag vor ihnen.

15

Trepper hatte sich ein bequemes Hemd angezogen. Er war erst seit etwa einer Viertelstunde zu Hause. Elisabeth tischte Wurst, geschnittenes Brot, ein quadratisches Butterstück und eine aufgeschnittene Gurke auf. Simon gähnte und wischte sich müde über sein Gesicht. Ohne gesonderten Aufruf hatten sich Felix und Maria an den Tisch gesetzt und begannen zu essen.
Auch Trepper nahm eine Scheibe Brot auf und legte sie mittig auf seinen Teller. „Die Butter, bitte“, sagte er zu seiner Tochter, woraufhin ihm diese den kleinen Teller, auf dem der gelbliche, rechteckige Klotz lag, weiterreichte. Treppers Augen wanderten über die kleine Runde und fingen sich an Felix. „Wie war's in der Schule?“ Felix erwiderte den Blick. Er zuckte mit den Schultern. „Normal“, lautete seine dünne Antwort.
Simon senkte den Blick. Er hätte eigentlich mit einer solch lapidaren Antwort rechnen müssen. Das enge Verhältnis zu seinem Sohn war in letzter Zeit merklich abgekühlt. Sie redeten kaum mehr miteinander und wenn, dann eher aneinander vorbei. Die Pubertät, dachte Trepper. Vielleicht ganz normal. Vielleicht musste es auch so sein. Die Jungen müssen sich irgendwann lösen und ihren eigenen Weg gehen. Und doch schmerzte es ihn.
Simon belegte sein Brot. Ohne aufzublicken, sagte er relativ scharf: „Und am Nachmittag? Warst Du wieder mit diesen Taugenichtsen zusammen?“
Trepper bezog sich auf die Gruppe Studenten, mit denen Felix seit einigen Monaten seine Freizeit verbrachte. Es handelte sich um einige ehemalige Schüler des Wittelsbacher-Gymnasiums, die jetzt im ersten oder zweiten Semester ein Studium aufgenommen hatten. Hannes Steiglechner, der beste Freund von Felix, stellte den Kontakt her, als er für die Schülerzeitung ehemalige Wittelsbacher-Schüler interviewte. Der rebellische Ton und das aufgelockerte Milieu der Münchner Studentenszene machten

gewaltig Eindruck auf Felix und Hannes. Nicht zuletzt die vielen schönen Studentinnen und die Studentenpartys in zwangloser Atmosphäre.

Felix runzelte die Stirn. Sein Gesicht verspannte sich. „Wieso Taugenichtse?", fragte er mit erhobener Stimme. Simon musste ein Lächeln unterdrücken, um den Sohn nicht noch mehr zu provozieren. Es gefiel ihm, dem Sohn eine Emotion zu entlocken und aus seiner scheinbaren Interesselosigkeit zu reißen. Oftmals wirkte er in letzter Zeit völlig gleichgültig gegenüber seinen Eltern. Simon nahm einen Bissen von seinem Brot und erklärte relativ entspannt. „Na ja – ein Semester studiert und meinen schon die ganze Welt zu verstehen ... Das ist ein bisschen dünn. Das ist ein bisschen sehr viel große Klappe und nichts dahinter."

Felix warf sein Messer auf den Teller vor ihm. Das Besteck schlug mit lautem Klirren auf der Tellerfläche ein. Elisabeth musterte die beiden streng. „Streitet nicht", ermahnte sie mit ernster Miene. „Keiner streitet", erwiderte Trepper. Ihm reichte es völlig, seinen Sohn wieder einmal direkt erreicht zu haben. Sofort wollte er das Gespräch in eine ruhigere Bahn leiten: „Das sind junge Leute. Die dürfen rebellisch sein. Aber man sollte auch deren Position hinterfragen. Das ist wichtig. Nur weil jemand jung und rebellisch ist, hat er noch lange nicht Recht."

Felix vernahm wohl den ruhigeren Ton, fühlte sich jedoch belehrt und nicht ernst genommen. Der braucht mich nicht wie ein kleines Kind behandeln, dachte er zornig. „Wer hat schon immer Recht?", stellte er eine rhetorische Frage. Simon merkte den scharfen Ton. „Ich sicher nicht", antwortete er deshalb, um die Stimmung weiter zu beruhigen. „Aber wenigstens verteidigen sie die Demokratie. Das ist eine noble Sache. Die wollen halt nicht, dass deine Leute wieder dran kommen."

Trepper blieb der Bissen im Hals stecken. Er sah verständnislos zu seinem Sohn. „Was soll das heißen?" Felix lächelte überlegen. „Na, das ist relativ einfach: Die Studenten verteidigen die Demokratie gegen die hässliche Fratze des Faschismus! Das kommt doch alles wieder hoch: Die Ausbeutung der Massen, der Staat, der mit Gewalt durchregiert, der Rassismus, der Kolonialismus. Denk doch an Vietnam, die Notstandsgesetze und die ganzen alten braunen Bonzen, die an den Hebeln der Macht sitzen." Er lehnte sich zurück. Seine hellen Augen funkelten zornig. „Habt ihr denn den Krieg überhaupt verloren? Jetzt habt ihr doch wieder alle Macht inne." Felix belieh sich in seiner Argumentation den großen Reden von Uwe Seidler und seinen Genossen. Aber auch der scharfe Umgang von Hannes mit seinem Vater hatte einen Einfluss auf ihn.

Simon war erschrocken über die geschliffene Agitation seines Sohnes. Er betrachtete ihn verständnislos. „Was willst Du damit sagen? Dass ich ein Nazi bin?" Felix genoss die Verunsicherung des Vaters. „Aber natürlich. Warum erzählst Du denn nie etwas vom Krieg? Du hast Dich doch mit 18 freiwillig gemeldet. Freiwillig! Für diese braune Brut!" Simon wirkte umgehend geknickt. Ihn verwunderte, dass der Sohn überhaupt diese Überlegung angestellt hatte. Es stimmte: Trepper hatte sich tatsächlich freiwillig gemeldet. Erzählt hatte er nie davon. Keine zehn Worte hatte er über die schrecklichen Tage in Russland berichtet. Auch nicht zu Elisabeth. Er machte seine Vergangenheit mit sich selbst aus. Wenn überhaupt, gab er manchmal einige witzige Anekdoten aus der Etappe zum Besten. Von den vielen Toten und den Grausamkeiten wollte er nichts sagen. Er wollte es ja selbst nicht mehr wahrhaben.

Er schwieg. „Lasst das doch. Wir wollen in Ruhe essen", versuchte Elisabeth den Streit zu beenden. Doch Felix ließ sich nicht mehr aufhalten. „Wie viele hast Du für den großen Führer um die Ecke gebracht? Hast Du auch Juden erschossen? Synagogen verbrannt? Gefangene gequält? Wie viel Blut klebt an Deinen Händen." Simons Gesicht färbte sich weiß. Seine Knie zitterten. Ungläubig sah er das hassverzerrte Gesicht des Sohnes. „Nichts ist vergessen! Die von Dir als ‚Taugenichtse' geschmähten, legen den Finger in die Wunde. Sie stellen die richtigen Fragen: Was hast Du alles für die Nazis gemacht? Oder besser: Warum verleugnest Du heut, dass auch Du einer von ihnen warst?"

Simon sprang von seinem Stuhl auf. Felix erwartete eine Ohrfeige. Er dachte an den Abend bei Familie Steiglechner. Doch so weit kam es nicht. Trepper taumelte zurück. Er stolperte halb über seinen Stuhl und verließ die Küche.

Felix Zorn war umgehend verflogen. Nachdenklich sah er seinem Vater hinterher. So hatte er es eigentlich nicht gewollt.

16

„Wir haben Stadler, seine Ex-Frau, den Sohn, Deinen Seebach und Geisslers Arbeitskollegen, der uns auf die Spur mit der Waffe gebracht hat", erläuterte Juskowiak. Trepper sah mit leerem Blick auf das Dossier, welches auf seinem Schreibtisch lag. Juskowiak bemerkte den schlechten Zustand des Kollegen. Trepper sah übel aus. Blass und abgespannt kauerte er auf seinem Bürosessel. „Ist Dir schlecht?", fragte Juskowiak fürsorglich.

Mit gespieltem Lächeln schüttelte Simon den Kopf. „Alles in Ordnung. Mir ist nur gestern was auf den Magen geschlagen. Irgendwas Falsches gegessen. Ich hab aber schon ein Aspirin genommen. Es geht wieder bergauf."
Simons Aussage wirkte nicht sonderlich überzeugend. Juskowiak hatte selbst genügend Menschen- und Verhörkenntnisse, um eine Falschaussage zu erkennen. Dennoch stieg er nicht weiter darauf ein. Wenn Trepper das Bedürfnis habe, über seine private Situation zu reden, würde er das schon von alleine tun.
Juskowiak blätterte den DIN A4-Ordner auf und tippte auf der ersten Seite in die Blattmitte. Dort klebte die Vergrößerung eines Fingerabdrucks. „Wilhelm Seebach. Er hat als letzter die Mordwaffe in der Hand gehalten."
Mit einem Moment wirkte Simon frischer. Die neuen Erkenntnisse rissen ihn aus seiner Trübsal. „Und das könnt Ihr so sicher sagen?" Juskowiak grinste. „Das kann die Spurensicherung so sicher sagen." Er zog den flachen Leitz-Ordner zu sich über den Tisch und setzte sich. Dann senkte er den Kopf und begann vorzulesen: „Können mit absoluter Sicherheit drei Serien Fingerabdrücke erkannt werden … bla bla bla … Die Serien können zeitlich folgendermaßen zugeordnet werden: Annemarie Geissler als ältestem Eintrag, Hermann Geissler folgend und als letztem aufgesetztem Fingerabdruck die Serie von Wilhelm Seebach." – „Allerhand …", entfuhr es Trepper. Juskowiak las noch den letzten Abschnitt vor: „Neben den genannten drei Serien von Fingerabdrücken, konnte noch als vierte Spur die Fingerabdruckserie von Franz Geissler lokalisiert werden. Diese kann jedoch - aufgrund der Tatumstände – als für die Tataufklärung nachrangig betrachtet werden. Zeitlich liegt die Fingerabdruckserie von Franz Geissler vor den Serien von Wilhelm Seebach und Hermann Geissler, wobei nicht ausgeschlossen werden kann, dass sie alleinig vor der Serie von Wilhelm Seebach und nach Hermann Geissler liegt. Eine eindeutige Auswertung ist aufgrund einiger Überzeichnungen nicht vollständig möglich. Tendenziell liegt die Serie von Franz Geissler wohl vor beiden genannten und die Serie von Wilhelm Seebach ist mit sehr hoher Wahrscheinlichkeit als Letztere anzusehen." Juskowiak hob zum Ende hin seine Stimme und hakte die langen Sätze mit ironischem Unterton aneinander.
Simon fuhr sich mit beiden Händen über die Augen und wischte sich zur jeweiligen Seite fest über sein Gesicht. „Jetzt brummt mein Schädel wieder", erklärte er seufzend. Juskowiak grinste breit. „Jaja, diese Bürokraten. Schreiben dem Geissler seine Serie wäre belanglos – wobei das natürlich die Entscheidende ist." Trepper nickte. „Wer nach Geissler die Waffe

benutzt hat, ist wahrscheinlich der Mörder." Juskowiak hob die Augenbrauen. „So schaut es aus."

Trepper schüttelte den Kopf. Er zog den Ordner nochmals zu sich und öffnete ihn. „Also noch mal langsam: Frau Geissler hat die älteste Fingerabdruckserie. Seebach die Jüngste. Und dann entweder direkt der Sohn oder davor noch einmal der Vater." Juskowiak öffnete beide Hände und hielt sie nach oben. „Gar nicht schlecht, oder?" Ein wenig Stolz schwang mit in seiner Stimme – er hatte die Spur zur Waffe offengelegt. Wenngleich es sich mehr um einen Zufall handelte. Der Arbeitskollege hatte beiläufig die Waffe erwähnt.

Trepper kratzte sich an der Stirn. „Und diese Walther ist eindeutig die Tatwaffe?" Er fragte mehr zur eigenen Versicherung. In irgendeinem Untersuchungsdokument hatte er davon bereits gelesen. „Hundert Prozent", bestätigte Juskowiak. „Die Kollegen von der Waffentechnik haben mehrere Schussproben genommen und abgeglichen. Der Projektilabdruck ist eindeutig."

Trepper betrachtete noch einmal intensiv das Bild, welches in der Mitte der Seite eingeklebt war. In dem vergrößerten Bereich konnte man die unterschiedlichen Fingerabdrücke erkennen. Sie lagen am Griff und auch übereinander auf dem Abzug. Die eng übereinanderliegenden Linien waren mit einem feinen Tuschestift in unterschiedlichen Farben nachgezeichnet. In roter Farbe prangte ganz oben der Abdruck, an dessen Seite mit derselben Farbe der Name Wilhelm Seebach eingetragen war.

Simon hob seinen Kopf. Er und Juskowiak nickten sich zu. Der nächste Schritt schien eindeutig.

17

Der Diaprojektor flimmerte unscharf. Es dauerte einige Sekunden, dann hatte der Vortragende Paul Janes die richtige Einstellung gefunden. Das nun gut erkennbare Bild zeigte einen jungen Mann mit asiatischen Gesichtszügen, der am Boden lag. An seinem Kopf sah man einen schwarzen, unscheinbaren Punkt. Erst wenn man genauer hinsah, konnte man eine kleine Blutlache daneben erkennen.

„My Lai", begann der Vortragende. Das Schlagwort reichte aus, um betroffene Stille herzustellen. Der Wechselschieber am Diaprojektor wurde umgelegt und schon sah man ein neues Bild an der Wand: Eine Gruppe verängstigter Vietnamesinnen klammerte sich aneinander. Ihre Gesichter waren verweint und verzerrt von Angst. „So sieht er aus, der amerikanische Kapitalismus. Nach außen geben die Imperialisten vor, Werte wie Demokratie und ‚Freiheit' exportieren zu wollen." Beim Wort „Freiheit" zog Paul Janes verächtlich mit seiner Stimme nach oben. „Aber lasst euch von diesen Propaganda-Worten nicht einfangen. Ihr müsst es besser wissen: Dem kapitalistischen Faschismus geht es immer nur darum, Menschen auszubeuten, zu versklaven, zu unterdrücken."

Während er Satz für Satz vorbrachte, wechselte er in immer schnellerer Folge die Bilder des Massakers von My Lai. Auf dem letzten Bild sah man eine Gruppe lächelnder US-Soldaten. Sie standen in aufgelockerter Reihe nebeneinander, die Gewehre lässig auf der Schulter oder über den Nacken gelegt. Sie lächelten in die Kamera, während im Hintergrund die dunklen Rauchschwaden des brennenden Dorfes zu sehen waren.

„So sieht sie aus, die hässliche Fratze des Faschismus", kommentierte Janes mit unverhohlener Verachtung. Ein Student mit kurzen braunen Haaren und einem dunklen Pullover hob die Hand und begann, ohne aufgerufen zu werden, eine Gegenthese aufzustellen: „Aber die Amerikaner haben doch auch Europa von den Nazis befreit. Ich finde es unpassend, die USA mit den Nazis gleichzusetzen." Janes runzelte die Stirn. Er suchte den halbgedunkelten Raum nach dem Gegenredner ab.

Er fand ihn nicht und antwortete deshalb in die große Runde: „Nur weil ein Faschist den anderen Faschisten nicht leiden kann und dem auf die Finger klopft, bleibt er trotzdem ein Faschist." Der Student antwortet umgehend: „Waren Sie einmal in den Staaten? Ich war in New York und Washington. Da leben die Menschen in einer unglaublichen Freiheit miteinander. Studenten dürfen protestieren, es gibt eine freie und sehr kritische Presse, viel Wohlstand …" Mit einem aufgekratzten Lachen unterband Janes den Vortrag. „Lüge!", schrie er lauthals. „Seid doch nicht so dumm! Lasst euch doch nicht von diesem äußeren Blödsinn einfangen. Weil die Leute dort fette Burger essen und dicke Schlitten fahren. Das ist doch nur eine Fassade. Dahinter stecken Rassismus, Unterdrückung und Unfreiheit. Die Fassade glänzt, doch dahinter steckt nur Hass und Ausbeutung." Er nickte sich selbst zu und bestätigte durch seine Geste die folgende Erklärung: „Nur der Sozialismus kann den Menschen die Freiheit bringen. Nur er wird die unterdrückten Massen zu Glück und Wohlstand führen. Ihr müsst es machen! Kämpft für den Sozialismus! Nieder mit allen Faschisten und Ausbeutern!" Er warf einen Blick durch den Raum. Seine Augen wurden glasig. „Ihr werdet die neue Gesellschaft erkämpfen. Mit Euch wird der Sozialismus siegen!" Der Redner war von seinem Appell selbst ergriffen. Er senkte den Kopf und hob die Arbeiterfaust nach oben. Jubel brandete auf. Die meisten der rund 250 Zuhörer im Audimax der Ludwig-Maximilians-Universität klatschten frenetisch. Da begann der Erste zu singen: „Völker hört die Signale …" Schnell wurde die Hymne der Sozialisten aufgegriffen und Dutzende der Studenten sangen und schrien die weiteren Liedzeilen: „Auf zum letzten Gefecht! Die Internationale erkämpft das Menschenrecht." Nun reckten auch fast alle Studenten im Audimax die rechte Faust in die Höhe.

Janes nickte bewegt. „Wir haben Recht! Wir sind die neue Elite! Wir werden die Menschheit in ein neues, glückliches Zeitalter führen! Jeder, der nicht unserer Meinung ist, ist ein Faschist!" Wieder jubelten die Zuhörer.

Die Lichter gingen an. Überall sah man strahlende Gesichter. Aufgeregt plauderten die jungen Leute miteinander. Eine echte Aufbruchsstimmung hatte sich entwickelt. Nur der kritische Student von vorhin stand auf. Sein zorniges Gesicht zeichnete sich sofort in der ansonsten gelösten, glücklichen Stimmung ab. „Waren Sie mal in der DDR? Kennen Sie den 17. Juni? Das nennt Ihr Freiheit? Da wird man niedergeknüppelt! Da darf keiner eine eigene Meinung haben!"

Uwe Seidler sprang auf. Mit ausgestrecktem Zeigefinger deutete er auf den Studenten. „Mensch, das ist der Illgner! Das ist der Vorsitzende vom RCDS! Lasst euch von dem nix erzählen. Der war mit seinen Brüdern drüben in den Nazi-USA. Der ist ein Fanatiker!" Sofort packten mehrere umstehende Studenten Rudolf Illgner. Illgner musste einige Ohrfeigen über sich ergehen lassen und wurde dann aus dem Hörsaal geschubst. Die Aktion wurde frenetisch bejubelt.

Tatsächlich wurde Illgner von der Atlantikbrücke für ein Auslandssemester ausgewählt und hatte den letzten Sommer in den USA verbracht. Begeistert und bestärkt von der amerikanischen Demokratie und Debattenkultur kam er in ein sich veränderndes, polarisiertes Deutschland zurück.

Paul Janes hob beide Hände in die Luft. Seine Geste glich einer Segnung, wie man sie auf älteren Darstellungen von Jesus Christus sieht. „Lasst uns zusammenstehen. Lasst uns die Stunde nutzen: Wir gehen zu den Proletariern und zeigen ihnen den Weg zur echten Freiheit!"

Wilhelm Seebach rutschte aufgeregt auf seinem Stuhl hin und her. Zornig musterte er die Walther P38, die in einem eingeschweißten Plastikbeutel vor ihm lag. „Kenn ich ned", sagte er trotzig.

Trepper verschränkte die Arme vor der Brust. Seine Augen betrachteten Seebachs vergoldetes Monokel, das aus seinem Jackett gerutscht war und nun auf der Tischoberfläche lag. Seebach trug dieses Monokel nur aus stilistischen Gründen – bei der Linse handelte es sich um reines Fensterglas. Simon nickte leicht in Richtung des Monokels. „Vielleicht sollten Sie die Waffe noch einmal genauer betrachten", lautete Treppers Vorschlag.

Seebach folgte Treppers Blickrichtung. Er lächelte kurz, griff nach der vergoldeten Kette, an welcher das Monokel hing, und verstaute die wirkungslose Sehhilfe wieder in seinem Jackett. „Freilich weiß ich, dass des eine P38 is. Die ham mia nach dem Krieg jedem zweiten Ami schwarz verkauft. Die Amis waren ja heiß auf des Ding." Seebach wusste natürlich, dass diese Einleitung nicht ausreichen würde.

Er räusperte sich und hielt sich dann mit leicht schmerzverzerrtem Gesicht seinen Hals. „Hab a bisserl Halsweh", erklärte er entschuldigend. Seebach griff nach dem halb befülltem Wasserglas, welches vor ihm stand und nahm einen kleinen Schluck. „Jetzt is es besser", meinte Seebach anschließend. Wieder strich er sich mit der Hand über seinen Hals. „Glaub, ich hab mich verkältet …" Trepper kannte diese Spielchen. Wenn Seebach etwas unangenehm war, ließ er nichts unversucht, vom Thema abzulenken. Er reagierte nicht und starrte mit unveränderter Miene auf Seebach.

Der nickte mit einer schwankenden Bewegung. „Ja also … Ich kenn den Waffentyp. Wie gesagt: Da ham ma nach dem Krieg ganze Wehrmachtsdepots davon aufgelöst. Alles schwarz natürlich. War halt die Zeit damals." Simon atmete tief und hörbar durch. Seebach verstand die Reaktion. Er nickte nochmals. „Also ich hab so a Ding scho öfters in der Hand gehabt. Aber jetzt bestimmt scho zwei, drei Jahre nimmer."

Trepper legte sein Kinn in die aufgespannte rechte Hand. Er nickte, während sein Blick auf Seebach haftete. Wie konnte Seebach nur so dumm sein? Er hatte doch nun weiß Gott wie oft schon mit der Kriminalpolizei zu tun. Konnte er sich denn nicht denken, dass seine Fingerabdrücke auf der Tatwaffe sind? Oder hielt er es nicht für die Tatwaffe im Fall Geissler. Das würde ihn entlasten. Andererseits musste Seebach vor wenigen Tagen diese Waffe in der Hand gehalten haben. Die Befunde waren eindeutig. Seebach war nicht dumm. Eigentlich müsste er den Zusammenhang mit dem Mordfall Geissler selbst herstellen können. Log er deswegen? Das würde ihn schwer belasten.

Trepper räusperte sich. Er zog das Dossier der Waffentechnik und Spurensicherung an sich und öffnete den Aktendeckel. „Herr Seebach: Bei dieser Waffe handelt es sich eindeutig um die Tatwaffe im Mordfall Franz Geissler." Seebach zuckte zusammen. Er wusste nun, welches Detail Trepper als nächstes nennen würde: „Und Ihre eindeutigen Fingerabdrücke sind auf der Waffe." Seebach riss die Augen weit auf. Sofort ergriff ihn eine sichtbare Unruhe. Er wischte sich nervös über seinen ergrauten Schnurrbart. „Des … Also des muss scho lange her sein. Im letzten Jahr, oder so."

Simon blätterte um. Ohne den genauen Wortlaut des Berichts wiederzugeben, fasste er zusammen: „Ihre Fingerabdrücke sind die letzten auf der Waffe. Und diese Abdruckserie kann nicht allzu alt sein. Es handelt sich um deutlich sichtbare, nicht verwischte Fingerabdrücke. Zudem präsentierte Herr Geissler diese Waffe vor etwa zwei Wochen einem Arbeitskollegen. Und Ihre, sowie weitere Fingerabdrücke kamen in der Folgezeit von Neuem auf die Waffe."

Seebach wurde kreidebleich. Er hatte genug Erfahrung mit dem Strafverfolgungsapparat in der Löwengrube, um zu wissen, jetzt im Fokus engmaschiger Ermittlungen zu stehen. „Ich war's ned!", brach es aus ihm heraus. Trepper hob den Blick. Ihre Augen trafen sich. „Dann erklären Sie es mir: Warum sind Ihre Fingerabdrücke auf der Waffe? Warum sind Ihre Fingerabdrücke die letzten auf der Tatwaffe in diesem Mordfall?"

Seebach seufzte. Er rang etwas nach Luft. „Es stimmt scho: Ich hab die Walther vom Geissler in der Hand gehabt. Des war …" Er überlegte. Dann nickte er mit geschlossenen Augen. „Herrschaft, ja! Des war sogar an dem Abend, bevor der Geissler erschossen wurde. Ich wusste, wo des Ding is. Mia ham uns gestritten. Ich bin dann zum Regal hin. Ich wusst ja, wo die Walther is – hinter dem Bild, auf dem er mit seine Nazi-Spezl in Prag is. Dann hab ich die Bücher naus dem Regal rausgeschmissen, mia die Waffe geholt und sie dem Franz unter die Nase gehalten." Er zuckte mit den Schultern. „Ich hab ihm halt gesagt, dass er mia schnell mein Geld geben soll, sonst scheppert's."

Trepper zuckte mit den Augenbrauen. Er presste die Lippen zusammen und betrachtete Seebach nachdenklich. Eigentlich traute er ihm keinen Mord zu. Sie kannten sich nun über viele Jahre. Im zerstörten München der Nachkriegsjahre hatten sie sich kennengelernt. Das lag jetzt ziemlich genau 20 Jahre zurück. Im Sommer 1948 behandelte Trepper einen Mordfall, in dem Seebach verwickelt war.

Obwohl Seebach seinen Lebensunterhalt ausschließlich mit kriminellen oder halb-kriminellen Tätigkeiten verdiente – ein Mörder war er nicht. Zumindest kannte Trepper keine direkte Mordbeteiligung Seebachs.

„Ehrlich, Simon – ich war des ned. Ich weiß scho, dass des blöd ausschaut, aber ..." Er schüttelte entschieden den Kopf.

Trepper blies die Backen weit auf. „Mensch Willi – jetzt steckst du tief in der Scheiße", erklärte er. Seebach blickte überrascht auf. Solche Worte kannte er nicht von Trepper. Normalerweise vermied Simon Kraftausdrücke. Zudem: Simon hatte ihn zum ersten Mal seit 20 Jahren geduzt.

19

Oskar Weitling rauchte aus und zertrat die verrauchte Kippe auf der geteerten Straße. „Was wollt's ihr überhaupt?", fragte er nun zum zweiten Mal. Bisher hatte dem 51-jährigen Mann in blauer Uniform keiner eine konkrete Antwort geben können.

Paul Janes drängte sich umständlich durch die dichten Reihen von Studenten und stand schließlich vor dem BMW-Werksschützer. „Wir wollen mit den Proletariern reden", erklärte er feierlich. Einige umstehende Studenten jubelten. „Nieder mit dem Kapitalismus", brüllte Uwe Seidler ebenso laut wie der ungeklärten Situation unangepasst.

Weitling zog seine Mundwinkel nach unten. Seine Stirn runzelte sich. „Was? An Proleten sucht's ihr? Seid's ihr verrückt?" Janes fuchtelte wild mit seinem Zeigefinger durch die Luft. „Nix da. Die Proletarier suchen wir. Die Arbeiter. Wir wollen zu ihnen. Wir wollen sie aufklären und uns mit ihnen zusammenschließen." Der BMW-Mann stutzte. „Habt's ihr an Hasch geraucht?" Janes wurde langsam zornig. „Mann! Aus dem Weg!" Er drängte Weitling zur Seite. Einige männliche Studenten zogen daraufhin an Weitlings blauer Uniform und schoben und zerrten ihn – ohne unnötige Gewalt zu benutzen – weiter an den Rand.

Janes löste einen Hebel an der rot-weiß lackierten LKW-Schranke und warf sie nach oben. Jubel brach aus. Dieses Mal unter allen anwesenden Studenten. Auch die beiden Schüler Felix Trepper und Hannes Steiglechner freuten sich. Schnell setzte sich die große Kolonne in Bewegung. Janes führte seine Begleiter an die erste Werkshalle heran. Davor stand ein Fließbandarbeiter und rauchte. Ungläubig betrachtete er den großen, bunten Zug an jungen Leuten. „Ja spinn ich", rief er laut aus. „Was is denn des für ein Affenzirkus?"

Janes legte seine Hand auf die Schulter des Arbeiters. „Wir sind hier, um Euch zu befreien." Der Arbeiter stutzte. Er schüttelte seinen Kopf. „Befreien? Ja vor was denn befreien?" Janes lächelte mitleidig. „Vor dieser Ausbeutung hier. Vor dem Großkapital, das euch ausbeutet." Der BMW-Arbeiter warf seine Zigarette weg und ging wortlos in die Werkhalle. Janes drehte sich um. Keiner wusste genau, wie sie weiter reagieren sollten. Seidler brüllte aus der zweiten Reihe: „Ran! Wir müssen an die Maschinen! Wir müssen mit den Proletariern reden! Direkt an ihren Arbeitsplätzen!"

Janes stimmte zu. „Ja, so machen wir es. Wir müssen uns zeigen und den Proletariern erklären, dass wir nur ihr Bestes wollen. Wir müssen sie aus ihrer Unwissenheit führen!"

Janes und die Studenten redeten über die Arbeiter, als wären diese unmündige Kinder, denen man die Welt der Erwachsenen erst erklären müsste. Dass es sich bei den Fabrikarbeitern um gestandene Menschen handelte, Facharbeiter und Ingenieure, Familienväter und politisch denkende Menschen – dieser Gedanke kam ihnen nicht in den Sinn.

Als Janes die Stahltüre ergreifen wollte, öffnete sich diese bereits von selbst. Der BMW-Arbeiter von vorhin und ein gutes Dutzend seiner Kollegen drängten sich heraus. Einige hielten Aluminium-Stangen in der Hand. Der Arbeiter tippte Janes auf die Brust. „Was wollt's ihr Kasperl jetzt? Wollt's ihr unsere Maschinen kaputtmachen?" Janes schüttelte energisch den Kopf. Er klopfte seinem Gegenüber auf die Schulter. „Nein. Die Maschinen hier sind Volkseigentum. Die zerstören wir nicht. Wir sind gekommen, um euch aus der Lohnsklaverei zu führen. Schließt euch uns an! Wir brechen die Lohnsklaverei des Großkapitals! Was wollen die Ausbeuter schon tun, wenn wir uns zusammenschließen."

Die Arbeiter waren baff. Sie sahen sich ungläubig an. Ein großer Mann in Latzhose mit BMW-Emblem winkte ab. „Schleicht's euch. Mia wollen unsere Ruhe haben." Janes appellierte mit ausgebreiteten Armen. „Nein, Genossen. Reiht euch ein. Wir vereinigen uns. Alle Arbeiter gemeinsam werfen dieses Verbrechersystem zu Boden." Der Arbeiter in Latzhose zog die Augenbrauen hoch und schüttelte mit dem Kopf. „Arbeiter? So schaut's ihr aber ned aus. Könnt's ihr überhaupt an Hammer richtig halten, ohne euch selber den Schädel einzuschlagen?" Die Arbeiter lachten laut auf.

Janes lief rot an. „Wir sind auch Arbeiter – Arbeiter der Stirn!" Der Mann winkte ab. „Ihr seid's Gscheithaferl und Sprücheklopfer. Sonst nix. Wofür wollt's denn Eure Revolution? Mia sollen weiter arbeiten und Ihr wollt's oben hocken. Oder habt's Ihr nach Eurer Revolution Lust, Euch selbst ans Band zu stellen?"

Janes war sprachlos. Er dachte, die Arbeiter würden mit wehenden Fahnen zu den Studenten überlaufen. Dass das so umworbene Proletariat gar keine Lust hatte, gar keinen Anlass für eine Revolution sah, wäre ihm nicht in den Sinn gekommen. Er kannte ja auch ausschließlich Akademiker und höhere Beamte in seinem Freundes- und Bekanntenkreis. Echten Kontakt zur Arbeiterklasse hatte er nie gepflegt, nie pflegen können.

Er stotterte. „Äh … Ja, also ihr werdet doch belogen und betrogen …", begann er sichtlich irritiert.

Plötzlich schrillten Trillerpfeifen über das Werksgelände. Etwa 50 Bereitschaftspolizisten stürmten mit Gummiknüppeln über den Hof. In Panik teilte sich der Protestzug auf. Einzeln und in kleinen Gruppen versuchten die jungen Leute, der Polizei zu entkommen und das Werksgelände zu verlassen.

Die Polizisten gingen robust vor. Jeder Student, dem sie habhaft werden konnten, erhielt zuerst drei, vier Knüppelschläge – egal, ob er sich wehrte oder nicht. Danach wurden die Gefangenen grob zusammengetrieben. Dabei setzten die Polizisten auch Fußtritte und Faustschläge ein. Nach wenigen Minuten standen etwa 70 Studenten auf dem Hof, umringt von den Bereitschaftspolizisten in ihren grün-beigen Uniformen. Während sich die Polizisten den Schweiß von der Stirn wischten, waren die Studenten zum Teil übel zugerichtet. Einige der jungen Männer bluteten im Gesicht, selbst einige der Frauen trugen Blessuren davon.

Sechs grüne VW-Busse fuhren mit Blaulicht auf das Werksgelände. Noch immer etwas grob, aber nun in der Gewaltanwendung deutlich gezügelt, trieben die Polizisten die festgesetzten Studenten in die Busse. Als einer der Letzten bestieg Felix Trepper einen der Polizei-Busse. Kurz bevor er die kleine Leiter, welche in den Sitzraum führte, emporstieg, fing sich sein Blick an dem Polizeiemblem mit der blau-weißen Raute des Freistaats Bayern. So oft schon hatte er dieses Emblem auf dem Dienstausweis seines Vaters gesehen. Damals, als er als kleiner Junge Polizist spielte.

20

Die Lage für Wilhelm Seebach verschlechterte sich zusehends. Beinahe wirkte sie aussichtslos. Zuerst hatte er eine Entlastungszeugin präsentiert: Britta Hagemann. Die junge, äußerst hübsche Frau von gerade einmal 19

Jahren stellte Seebach ein Alibi aus. Er habe die gesamte Nacht, vom 26. auf den 27. Mai bei ihr verbracht. Ab 22 Uhr sei er bei ihr gewesen. Mit verschmitztem Lächeln erklärte sie, wie die beiden die Nacht miteinander verbrachten: Mehrfach hätten sie „zueinander gefunden", wie sich die junge Frau ausdrückte.

Mit breitem Grinsen und einem kleinen Augenzwinkern – welches Seebach eigentlich nur ihr zukommen lassen wollte, jedoch genau in diesem Moment auch von Trepper wahrgenommen wurde – vernahm Seebach zufrieden die Erläuterungen seiner Geliebten. „Und Simon? Was sagst dazu?", fragte Seebach sichtlich mit sich und der Welt im Reinen.

Trepper schloss die Augen und rieb sich den drei mittleren Fingern über seine Stirn. Ach Gott Willi, dachte er mitleidig. Du hältst uns wohl für komplett unfähig. „Warum haben Sie uns dieses Alibi nicht sofort, bei der gestrigen Vernehmung genannt?" Seebachs gelöster Gesichtsausdruck sackte etwas in sich zusammen. Seine Haut spannte sich, die Augen fokussierten den Befrager. „Ja … Ja mei. Ich hab's nimmer so genau gewusst. Da musst ich erst mal nachschauen." Da fiel ihm plötzlich die Lösung ein. Umgehend entspannten sich seine Gesichtszüge wieder. Er lächelte breit. „Mei Simon, des musst verstehen: Ich bin ein gefragter Mann. Und … Also des is mia jetzt direkt unangenehm …"

Er drehte seinen Kopf zu Britta. Seebach bemühte sich, zerknirscht zu wirken. „Mein Engerl, des tut mir so leid …" Er senkte seinen Blick. Doch trotz Seebachs schauspielerischer Einlage konnte Simon deutlich ein leichtes Zucken an seinen Mundwinkeln sehen. Seebach versuchte, ein Lächeln zu unterdrücken und mit einer ernsten Miene zu übertünchen. Er atmete schwer aus. „Ja schau, Haserl: Es gibt da noch ein zweites Mädel. Die Jenny aus Schwabing. Du kennst sie ja auch. Sie mag halt immer … Mei ich konnt da gar ned Nein sagen. Des dumme Ding … Die tut sich ja noch was an."

Trepper holte tief Luft. Sein Brustkorb hob sich an. Noch ehe Seebach seine Lügengeschichte mit weiteren Wendungen untermauern konnte, zog Simon ein Aktenblatt hervor. Max Meier von der Sittenpolizei hatte es ihm vor der Befragung übergeben. Darin waren alle Prostituierten aufgeführt, die zurzeit für Wilhelm Seebach anschaffen gingen. Als Seebach eine Entlastungszeugin Britta Hagemann angekündigt hatte, suchte Trepper vorab Kontakt zu Meier und ließ sich den aktuellen Stand der Dinge überreichen.

„Ja, Simon. So war des. Leider", stellte Seebach mit leichtem Kopfnicken fest. Britta Hagemann ging ihrem Zuhälter zur Hand. Mit kindlicher Naivität unterstützte sie dessen Aussage, indem sie beteuerte: „Willi, des macht mia nix. Ich hab dich lieb, ganz gleich was is!" Ihr schwülstiger Vortrag wirkte gleichermaßen gespielt wie übertrieben.

Trepper räusperte sich leise. „Jennifer Hörlwang, wohnhaft Egelseder Straße 22 in Schwabing?", entgegnete er trocken und emotionslos. Seebach riss seine Augen weit auf. „Und wenn's so wär? Ich hab halt mit den beiden Mädeln was am Laufen. Da hab ich es halt ned genau gewusst, bei welcher ich war. Des is doch kein Verbrechen, oder?"

Simon hob den Kopf und blickte Seebach direkt in die Augen. Dieser wich dem Blick etwas aus. „Du weißt doch, dass ich die Mädel gern hab. Des is doch nix Schlimmes, oder?", brummte Seebach etwas unsicher. Simon schüttelte langsam mit dem Kopf. Seebachs Aussagen machten ihn betroffen. Er hielt Seebach nicht für den Mörder.

Wilhelm Seebach hatte schon oft mit dubiosen Geschäftspartnern hohe Summen verloren. Etliche Fälle davon waren in der Löwengrube bekannt und so manches Mal war Seebach die Zielscheibe für Spott und derbe Späße innerhalb der Kriminalpolizei München. Aber einen Mord hatte er nie begangen. Schon gar nicht selbst. Seebach hatte zwar ein großes Mundwerk und prahlte auch gerne damit, was für ein harter Hund er wäre. In Wirklichkeit gab es tatsächlich nicht einen einzigen Polizeieintrag über Körperverletzung. Seebach war harmlos. Ein Maul- und Frauenheld, aber kein Gewalttäter und schon gar kein – zumindest bekannter – Mörder.

Doch mit seinen offensichtlichen Lügen und Halbwahrheiten machte er sich mehr und mehr verdächtig. Glaubt der denn, wir könnten nicht ermitteln? Trepper räusperte sich erneut und schob einen Schnellhefter in die Mitte des Tisches. „Herr Seebach, kennen Sie diese Quittung?" Seebach erschrak. Umgehend merkte man ihm seine Unsicherheit an, als er den hellblauen Zettel sah. Er nahm die Quittung nicht in die Hand. Er streifte sich nervös mit der rechten Hand über sein schneeweißes Jackett. „Is des die Quittung von dem Strafzettel? Wegen der Feuerwehreinfahrt in der Leopoldstraße?" Eine Schweißperle zeichnete sich auf seiner Stirn ab. „Jaja, freilich. Des is von meinem Mercedes, gell?" Er winkte ab. „Aber an dem Abend hab da ned ich geparkt. Ich hab des Auto einem Spezi geliehen. Ich glaub, des war der Uhlmann Thomas. Ja, der Tom war des. Ich frag den noch mal. Also der hat den Strafzettel gekriegt. Also mit meim Auto. Aber des ... Also des zahl scho ich. Aber ich war ned im Atlantis. Oder? Des meinst du doch? Ob ich im Atlantis war? Oder?"

Simon hatte Mitleid. Seebach hatte doch selbst den richtigen Schluss gezogen. Er wollte ihm helfen: „Waren Sie in der Diskothek Atlantis?", fragte er deshalb nochmals nach. Seebach schluckte. Sein Adamsapfel wanderte über den glatt rasierten Hals. „Ich?" Er deutete mit beiden, nach innen gekrümmten Fingerspitzen auf seine Brust. „Ja ... Also ... Also ich war da ned drin. Ich bin bei der Britta gewesen. Die ganze Nacht. Sie hat mich da immer schön wach gehalten. Wie die Frauen des halt mit einem Kerl so machen. Des kennst doch sicher auch, Simon. Oder? Des is doch was Schönes?"

Einen Moment hatte sich Simon nicht unter Kontrolle. Er schlug seine flache Hand auf die Tischfläche. Seebach und seine Begleiterin zuckten gleichermaßen erschrocken zusammen. „Entschuldigen Sie bitte", nahm Trepper seine Geste zurück. Ernüchtert stellte er Seebach zuerst eine Frage, bevor er den Sachverhalt aufklärte: „Glauben Sie denn nicht, dass wir bei der Belegschaft des Atlantis nachgefragt haben, ob Sie zur fraglichen Zeit dort waren?"

„Ach so", entgegnete Seebach. Er blieb daraufhin stumm. Simon senkte seinen Blick und rief sich die Namen ins Gedächtnis. „Wir haben die Aussagen von Anton Steiger, dem Barkeeper im Atlantis, von der Garderobenfrau Rita Wellinger, von den beiden Türstehern Ernst Marx und Rudolf Schweigler – alle diese Personen geben an, dass Sie in der Nacht vom 26. auf den 27. Mai, von circa 22 Uhr bis etwa ein Uhr morgens in der Diskothek Atlantis gegenwärtig waren." Er blickte auf. Seebachs Gesicht färbte sich ähnlich dem Stoff seines Anzuges. „Sie waren – das geben Sie ja selbst zu – bis etwa 21:30 Uhr bei Herrn Geissler. Dann waren Sie laut diesen Zeugenaussagen in der Diskothek Atlantis. Und diese haben Sie – stark alkoholisiert – gegen ein Uhr verlassen."

Die Worte trafen Seebach wie Pfeilspitzen. Er schwankte. Britta streichelte über seine, auf der Tischfläche ineinander verkrampften Hände. Simon fasste nun zusammen: „Ihre Fingerabdrücke sind als letzte auf der Tatwaffe. Sie hatten ein Motiv, die veruntreuten Gelder. Sie waren vor dem Mord in Geisslers Wohnung. Sie waren unmittelbar vor der Tatzeit in der Nähe des Tatortes und haben sich dort betrunken. Unmittelbar vor dem Mord haben Sie die Diskothek verlassen. Sie haben für den Tatzeitpunkt selbst kein belastbares Alibi. Zudem haben Sie uns ein gefälschtes Alibi präsentiert."

Seebach hob die Hand. Er zwängte seine Augen zusammen und runzelte die Stirn. „Hör auf, Simon. Hör auf. Mia reicht's. Mia reicht's", wiederholte er zerknirscht.

Gegen 20 Uhr durften Uwe Seidler, Hermann Geissler und die anderen Studenten die Polizeiwache 23 verlassen. Auch Felix Trepper schloss sich der Gruppe junger Studenten an. Paul Janes dagegen verließ wortlos die Gruppe. Er ging mit finsterer Miene direkt zum nahen Taxistand und ließ sich davon kutschieren.

„Scheißbullen!", fluchte Seidler grimmig. Auf seiner Stirn klebte ein blutdurchtränktes Pflaster. Reinhold Bichlmaier stimmte ihm zu: „Alles Faschisten! Die führen sich auf wie die Gestapo." Sabine Angermeier ging einen Schritt hinter den beiden. „Wir hätten auch nicht auf das Firmengelände raufgehen dürfen." Seidler stoppte abrupt. Sein Gesicht verfinsterte sich böse. Scharf musterte er seine Freundin. „Bist Du auf denen ihrer Seite?" Sie schüttelte mit dem Kopf. „Nein." Seidler tippte sich auf seine Wunde an der Stirn. „Und das?" Sie schüttelte etwas eingeschüchtert mit dem Kopf. „Das ist nicht ok. Gewalt geht gar nicht."

Seidler hob seinen rechten Zeigefinger und schüttelte ihn ein wenig auf und ab. „Aber so machen die das. Die wollen uns mit Gewalt von den Arbeitern weghalten. Die haben Angst. Die wissen: Wenn es uns mal gelingt, die Arbeiter aufzuklären ..." Er nickte sich selbst zu. „Dann ist es vorbei! Dann werden die nicht mehr für 8 Mark die Stunde in so einem Ausbeuterbetrieb schuften. Dann verbrüdern die sich mit uns. Dann jagen wir die Bourgeoise zum Teufel!"

„Aber es sah nicht so aus, dass die Arbeiter mit uns reden wollten", warf Felix Trepper in die Runde. Er sagte es mehr beiläufig, ohne böse Absicht. Der Gedanke kam ihm einfach in den Sinn. Schnell richteten sich alle Blicke auf den jüngsten in der Gruppe. Es ähnelte der Situation im Englischen Garten vor einigen Tagen. Seidler lächelte verächtlich. „Hat Dich Dein Papi schon auf Linie gebracht?" Er spielte auf Felix Vater an. Alle in der Clique wussten, dass der Vater von Felix bei der Kriminalpolizei arbeitete. Felix dachte an den Streit mit seinem Vater am Esstisch. Er senkte den Blick. „Ich rede mit meinem Vater gar nicht mehr."

„Aber mit uns redest Du. Und zwar ziemlichen Schwachsinn!", ermahnte ihn Seidler. Die Gruppe setzte den Weg fort. Sabine ging einen Schritt zur Seite und legte ihren Arm um Felix. „Hast Du Ärger zu Hause?" Felix zuckte mit den Schultern. „Ein bisschen schon." Sie streichelte mit ihrer Hand über seinen Oberarm. „Es ist für uns alle schwierig. Die Alten verstehen einfach nicht, worum es uns geht", erklärte sie fürsorglich. „Kannst Du überhaupt heim?" Felix blickte auf. Darüber hatte er sich bisher noch keine Gedanken gemacht. Er hielt es schon für möglich, dass jemand aus dem Münchner Polizeiapparat seinem Vater die Nachricht seiner Verhaftung mitgeteilt hatte.

Er zuckte wieder kurz mit den Schultern. „Weiß nicht." Sabine zog Seidler an seinem Hemd. Dieser stoppte und drehte sich um. Die gesamte Gruppe kam zum Stehen. „Kann er nicht beim Paul übernachten?" Seidler verzog den Mund. „Klar. Wir halten zusammen", antwortete er. Sein Zorn auf Felix war verfolgen.

Sabine erklärte: „Der Paul ist ein Kumpel von uns. Der ist gerade mit seiner Freundin in Spanien. Seine Bude steht leer. Wir haben den Schlüssel. Da kannst Du gern ein paar Nächte bleiben, wenn Du daheim Stress hast."

Damit hatte Felix nicht gerechnet. Eigentlich wollte er sogar nach Hause gehen, um seine Mutter nicht zu verängstigen. Allerdings gefiel ihm der Gedanke. Er hatte einige Male bei Freunden übernachtet und war auch ein paar Mal mit seiner Familie im Urlaub. Aber ansonsten hatte er noch nie alleine in einer fremden Wohnung die Nacht verbracht.

Er nickte. „Das wäre gut. Wenn Ihr mir die Schlüssel gebt ..." Seidler drehte sich nochmals um. „Logisch. Wir halten zusammen", wiederholte er seine Solidaritätsbekundung von vorhin. Seine Stimme klang nun deutlich weicher. Er mochte Felix eigentlich. Seidler sah sich selbst als Menschenfischer, der so viele wie möglich von der richtigen - also seiner – politischen Meinung überzeugen wollte. Dass er mit seiner konfrontativen und manchmal besserwisserischen Art dieses Ziel oftmals selbst aushebelte, fiel ihm nicht weiter auf.

Kurz drehte Seidler seinen Kopf zu Hermann Geissler. Dieser nickte ihm zu. Dann wandte sich Seidler zurück zu seiner Freundin. „Aber du bringst ihn in die Bude. Ich und der Hermann müssen noch was erledigen." Sabine Angermeier stutzte. „Jetzt noch? Ich dachte, wir gehen dann heim." Seidlers Gesicht verspannte sich. „Ist wichtig", erklärte er wenig aussagekräftig. Aber kein Ding, ich bin in einer Stunde daheim." Sein Blick wanderte zu Hermann Geissler. „Eine Stunde reicht, oder?" Geissler nickte. „Wenn nix dazwischen kommt ..."

22

Gespannt verfolgte Felix Trepper die Bewegungen von Sabine Angermeier. Sie hatte, während der in Gewahrsamnahme durch die Stadtpolizei, Uwe Seidlers Kopf an ihre Schulter gelegt und ihm über die Haare gestreichelt.

Dabei flossen – trotz des Pflasters auf seiner Stirn – etliche dicke Tropfen auf ihr blaues, kurzärmliges Hemd.

Deshalb ging sie gemeinsam mit Felix zuerst in die Wohnung, in welcher sie zusammen mit Uwe Seidler lebte. In dem kleinen Zwei-Zimmer-Appartement angekommen, hatte sie umgehend ihr blaues, kurzärmliges Hemd ausgezogen und über einen Stuhl gelegt. „Dir macht es doch nichts aus?", fragte sie beiläufig. „Nein", antwortete Felix unsicher. Ihm gefiel, was er sah, wenngleich ihm die Situation auch ein Stück weit unangenehm war. Seine Blicke hafteten auf ihrem Rücken. Sein Herz raste.

Sie drehte sich um. Felix Augen wurden groß. Sabine sah sehr erotisch aus, ihr BH war äußerst knapp geschnitten. Schnell blickte er verschämt zu Boden. Sie lächelte weich. „Du brauchst nicht schüchtern sein, Felix. Ist alles in Ordnung. Ich bin gleich fertig." Seine Schüchternheit weckte ihr Interesse. Sabine Angermeier war eine attraktive Frau und sie war sich ihrer Anziehungskraft durchaus bewusst. Nur allzu oft musste sie sich aufdringlichen Verehrern und deren tumben Anmachversuchen entgegenstellen.

Sie hatte sich ein neues Hemd übergezogen und knöpfte es gerade zu. „Gefalle ich dir?", fragte sie lächelnd. Felix verharrte weiter in seiner Position mit Blickrichtung auf den Holzdielenboden der kleinen Studentenwohnung. Er nickte stumm. Sie kicherte leise und biss sich auf die Unterlippe. „Hattest Du eigentlich schon eine Freundin?", fragte sie mit weicher Stimme.

Felix musste schlucken. „Warum bist Du eigentlich mit Uwe zusammen?", stellte Felix trotzig eine Gegenfrage. Seine gänzliche Unerfahrenheit mit dem anderen Geschlecht wollte er nicht preisgeben. Dabei war Felix ein attraktiver Teenager. Er war groß gewachsen, hatte tiefe blaue Augen, ein ebenförmiges Gesicht, das zugleich männlich wirkte, aber auch mit weichen Zügen versehen war. Felix zog selbst viele Blicke in seiner Klasse auf sich. Noch allerdings waren er und seine Klassenkameraden auf diesem Gebiet nicht sonderlich aktiv. Es gab einige derbe Späße und große Sprüche. Die ersten Mutigen preschten bereits mit wackeligen Annäherungsversuchen an die Klassenkameradinnen heran. Im Großen und Ganzen handelte es sich aber noch um unsichere Vorstöße in fremdes Gebiet. Wie konnte es auch anders sein? Schulischen Aufklärungsunterricht gab es nicht. Und zu Hause mit den Eltern war Liebe und Sexualität kein Thema. Im Prinzip wussten die Eltern natürlich, in welches Alter die eigenen Kinder nun eintraten und dass es nur mehr eine Frage der Zeit war, bis sie ihre ersten sexuellen und partnerschaftlichen Erfahrungen machen würden. Darüber gesprochen wurde trotzdem nicht.

„Uwe?" Sie lächelte überlegen. „Ach, der Uwe kann auch ganz lieb sein. Er muss halt vor anderen immer den großen Macker spielen. Aber man kann gut mit ihm reden. Und er ist gut im Bett." Die letzte Aussage hatte Sabine absichtlich eingebaut. Sie musste ihr Lachen unterdrücken. Sie trat an Felix heran. Bis jetzt hatte sie ihn nur als Mitglied der Gruppe wahrgenommen. Wenngleich sie ihn für einen schönen jungen Heranwachsenden ansah – ihr Interesse hatte er nicht geweckt. Bis jetzt.

Sie legte ihren Zeigefinger unter sein Kinn und hob es an. „Warum schaust Du denn zu Boden? Gefalle ich Dir nicht?" Felix Herz pochte wild. Er meinte, man müsse es im ganzen Zimmer laut schlagen hören. Seine Knie zitterten. Er konnte nur unförmig mit dem Kopf schütteln.

Sabine genoss die Situation. Ihre totale Überlegenheit bereitete ihr Vergnügen. Sie wollte die Situation jedoch nicht ausnutzen, um ihn in irgendeiner Form zu demütigen. Alles, was nun kommen würde – da war sie sich sicher – wäre mit sehr hoher Wahrscheinlichkeit auch in Felix Interesse. „Wüsstest Du denn einen besseren Freund für mich?" Alleine die provokante Frage ließ Felix beachtlich schwanken.

Sabine hatte ihr Vergnügen gehabt. Sie wollte ihn nun erlösen. Die hübsche junge Frau löste die Knöpfe ihres halbzugeknöpften Hemdes und ließ es über ihre Arme nach unten gleiten. Dann öffnete sie ihren BH.

Felix wurde rot im Gesicht. Sabine griff nach seiner Hand und legte sie auf ihre Brust. „Es ist alles in Ordnung, Felix", sagte sie mit zärtlicher Stimme. „Wir bleiben noch ein bisschen hier."

23

Hermann Geissler stand vor der versiegelten Wohnungstüre seines ermordeten Vaters. Uwe Seidler verdrehte die Augen. „Mensch Junge, was soll die Scheiße jetzt?" Hermann schüttelte den Kopf. „Du siehst es doch", erklärte der Angesprochene und fuhr mit dem Zeigefinger über das Siegel der Kriminalpolizei. Seidler betrachtete mit schräg gestelltem Kopf den kleinen, hellgrünen Zettel mit dem Emblem der bayerischen Kriminalpolizei. „Hermann, Hermann, Hermann ..." Seidler schüttelte wieder mit dem Kopf. „Und du willst ein Revoluzzer sein?", fragte er mit ironischem Lächeln.

Geissler reagierte nicht. Darauf klopfte ihm Seidler auf die Schulter. „Schau mal: Wir sind hier völlig alleine im Treppenhaus. Es ist jetzt halb zehn, oder so. Wo soll das Problem liegen? Wir kratzen da mit dem Schlüssel einen Spalt in das Siegel. Du sperrst auf, wir gehen rein, holen das Ding, gehen wieder raus und dann drücken wir das Papier wieder zusammen. Da können wir ein bisschen Spucke dran kleben, dann sieht das keine alte Sau. Ok?"

Ohne weiteres Zögern kramte Hermann Geissler den Wohnungsschlüssel aus seiner Tasche. Mit einer glatten Bewegung zog er einmal über die Stelle, an der das Siegel Türstock und Türblatt verklebte. Dann schob er den Schlüssel in das Schloss und sperrte auf.

„Halleluja", bekannte Seidler etwas schnippisch und schob seinen Freund durch die geöffnete Tür in die Wohnung. Beide kannten den Weg und begaben sich wortlos in das Arbeitszimmer von Franz Geissler. Als sie den Raum betraten, zuckte Geissler zusammen. Das Bücherregal war komplett entleert. Die Bücher lagen in ungeordneten Stapeln nebeneinander. „Was zum Teufel …", zeigte sich auch Seidler überrascht.

Sie sahen sich verwundert an. „Die Bullen?", fragte Seidler. Hermann zuckte mit den Schultern und nickte zeitgleich. „Glaubst Du, die haben die Waffe gefunden?" Geissler reagierte nicht auf die Frage und ging direkt an das leere Bücherregal. „Kann schon sein. Die haben mir bei der Vernehmung gesagt, dass mein Alter mit einer P38 erschossen wurde." Seidler erschrak. „Das wussten die? Ohne die Waffe zu haben?"

Geissler klopfte auf eines der Regalrückwände. „Scheinbar. Die Burschen sind halt auch nicht nur dumm." Seidler stellte sich neben seinen Freund. „Ist das Versteck versiegelt?" – „Nein", antwortete Geissler. „Ich hab keine Siegel gesehen." Er rückte ein Regalfach weiter und drückte mit der flachen Hand auf die Rückwand. „Scheiße", kommentierte er derb. Geissler stand auf der Suche nach der Pistole seines Vaters vor einem Problem: Jetzt, da die Bücher alle ausgeräumt waren, tat man sich schwer das richtige Regalfach mit dem Geheimtresor zu finden. Befüllt wussten Hermann und Seidler, dass die Waffe in dem Regalfach mit dem Bildnis Geisslers und seiner Kameraden aus der NS-Zeit lag. Aber jetzt? Ungefähr kannten sie die Stelle, doch das geleerte Regal sah vollkommen anders aus als befüllt.

Auch Seidler begann das Regal in dem vermuteten Bereich zu untersuchen. „Und wenn die schon längst die Waffe haben? Die werden ja nicht zum Spaß das ganze Regal ausgeräumt haben", meinte Seidler. Geissler stoppte kurz und blickte zu seinem Kommilitonen. „Kann schon sein. Aber woher sollen die das wissen? Mein Alter hat das eigentlich immer geheim gehalten und zu mir und meiner Mutter gesagt, wir dürfen das keinem sagen." Die Antwort beruhigte Seidler. „Dann haben die vielleicht nur allgemein rumgeklotzt und nix gefunden."

Geissler unterbrach. Er lehnte sich mit beiden Händen gegen das Bücherregal. „Was willst Du denn genau mit der Walther anstellen?" Seidler stoppte seine Untersuchung und grinste. „Du hast doch gesehen, was heut passiert ist. Die Faschisten sind jederzeit zu Gewalt bereit. Da müssen wir auch gerüstet sein." Hermann Geissler atmete tief durch. „Weiß nicht", bekannte er unsicher. „Hättest Du dann heut die Knarre gezogen und auf die Bullen geschossen?"

Seidler winkte ab. „Sagt ja keiner. Aber ich glaube, das geht jetzt schnell. Spätestens 1970 sind wir im Bürgerkrieg. Dann wird es nur noch mit Gewalt gehen." Geissler wurde die Sache unheimlich. Er drehte sich um und lehnte sich mit dem Rücken an das große Bücherregal. „Komm – lassen wir es gut sein und hauen ab." Seidler runzelte die Stirn. „Mensch Hermann, was ist los mit Dir? Hast Du die Hosen voll? Weiß doch keiner, dass wir hier sind." Auch Seidler lehnte sich jetzt mit dem Rücken an das Regal. „Außerdem: Sagt doch keiner, dass wir mit dem Schießprügel gleich losziehen und Bullen umlegen. Das ist doch Schwachsinn. Wir holen uns das Ding nur für alle Fälle."

Seidler erblickte das Bild, welches ursprünglich in dem Regalfach stand, an dessen Rückseite sich der Geheimtresor befand. Er machte einen Schritt in Richtung des Bücherstapels, auf dem dieses Bild lag und hob es hoch. „Und da ist wirklich der Erhard drauf?" Seidler wollte das Thema wechseln und damit Geissler auf andere Gedanken bringen. Dabei kannte er bereits die Anekdote, dass Franz Geissler während seines Dienstes im Protektorat Böhmen-Mähren mit dem späteren, legendären Bundeswirtschaftsminister Ludwig Erhard zusammengearbeitet hatte.

Geissler stellte sich neben Seidler und tippte auf das Foto. „Da ist er, der dicke Ludwig." Seidler nickte. „Stimmt. Wenn man genauer hinschaut." Er legte das Bild wieder ab. „Hat Dein Alter mit dem Ding auch geschossen?" Geissler spitzte die Lippen und schüttelte mit dem Kopf. „Glaub nicht. Mein Alter hat immer nur große Sprüche geklopft. Mut hatte der nie. Dem ging es immer nur um Weiber. Der hat den ganzen Krieg eher im Puff verbracht, als an der Front." Seidler gefiel dieser Gedanke. „Aber Soldat war er ja nicht?" Geissler nickte. „Ne. Den haben sie direkt in die Verwaltung gesteckt. Das konnte er gut: Andere Leute manipulieren und für sich arbeiten lassen. Und dabei noch schön korrupt sein und in die eigenen Tasche wirtschaften."

„Gut, dass er tot ist", bemerkte Seidler emotionslos. Hermann zögerte. Dann nickte er. „Ja. Er hat es verdient. Ein korruptes Nazi-Schwein weniger." Seidler nickte seinem Freund zu. „Das darf nicht der Letzte gewesen sein." Zeitgleich drehten sich beide um und begannen wieder das Bücherregal zu untersuchen. Es dauerte noch einige Minuten – Geissler hatte das betreffende Fach bereits überprüft und dabei nicht den Mechanismus auslösen können. Jetzt, beim zweiten Versuch, hörte er das metallische Klicken. Seidler eilte an seine Seite.

Das geöffnete Geheimfach war leer. „Mist", kommentierte Seidler. Er kratzte sich am Hinterkopf. „Kann man nix machen", meinte Geissler, der doch auch ein wenig erleichtert war. Seit er die Waffe in der Mordnacht seines Vaters in der Hand gehalten hatte, war ihm der Gedanke unheimlich, sie jetzt wieder an sich zu nehmen.

Plötzlich öffnete sich die Tür. Stefan Michlbier betrat das Zimmer. „Michlbier, Kriminalpolizei München. Was machen Sie da?" Seidler und Geissler starrten fassungslos auf den eintretenden Kommissar. „Was machen Sie hier?", stellte Seidler eine Gegenfrage. Seine Frage war weit weniger beleidigend gemeint, als sie schien. Seidler hatte sie spontan geäußert, als Zeichen seiner großen Überraschung. Michlbier erklärte nicht, dass die Nachbarin die Polizei verständigt hatte. Als sie Geräusche auf dem Gang hörte, sah die ängstliche Frau durch den Türspion. Sie erblickte so die Eindringlinge, die gerade das Polizeisiegel beschädigten und die Wohnung betraten. Umgehend wählte sie die 110 und meldete den Vorfall. Die Polizisten in der Zentrale hielten kurz Rücksprache mit dem Polizeipräsidium und verständigten anschließend die Mordkommission, da diese die Versiegelung vorgenommen hatte.

Michlbier war gerade im Dienst und auf dem Rückweg von einem Einsatzort. Als er den Funkspruch entgegennahm, war er nur wenige Straßen entfernt. Umgehend machte er sich auf den Weg zur Wohnung von Franz Geissler.

„Passen Sie mal auf – die Fragen stelle ich!", entgegnete Michlbier ärgerlich. Er meinte, Seidler wollte ihn mit der Frage lächerlich machen. Geissler versuchte, die Situation zu retten. Er legte seine Hand auf einen der Bücherstapel. „Ich wollte nur ein paar Bücher aus dem Regal holen. Ich brauche die für mein Studium."

Michlbier nickte mit dem Kinn in Richtung des Regals. „Und warum habt ihr dann das Geheimfach geöffnet, in dem die Mordwaffe lag?"

24

Beim Läuten des Telefons zuckte Trepper zusammen. Er zerknäulte dabei die Münchner Abendzeitung, die er seit einer guten Stunde in seinen Händen hielt. Er hatte nicht eine Zeile davon gelesen.
Mit pochendem Herzen hörte er seine Frau reden. Sie hatte den Anruf entgegengenommen. Er konnte den Wortlaut nicht genau verfolgen. Nach etwa einer Minute kam sie in das Wohnzimmer. Er erkannte es sofort an ihrem gelösten Gesichtsausdruck. „Felix geht es gut", bestätigte ihre Aussage Treppers Vermutung. Ein großer Stein fiel ihm vom Herzen. „Er war tatsächlich bei den Studenten dabei, die heute zum BMW sind. Aber ihm ist nichts passiert. Felix bleibt heute bei einem Freund über Nacht. Er war auch recht freundlich am Telefon. Ich soll Dich grüßen."
Simon musste lächeln. „Wirklich?" Elisabeth nickte „Ja. Er hat mir extra einen Gruß für dich angeschafft." Auch sie lächelte. Simon wischte sich müde über sein Gesicht. Der ungewisse Verbleib des Sohnes hatte ihn schwer mitgenommen. „Hast Du noch Hunger?" Beide hatten noch nichts gegessen. „Nein", antwortete Trepper. „Ich gehe gleich ins Bett."

Der Traum ähnelte sich. Er variierte in manchem Bild, aber die Grundstruktur blieb immer dieselbe: Simon ging über ein dunkles Feld. Der Mond schien blutrot. Dann brach Feuer aus. Laute Schreie walzten sich über das offene, scheinbar grenzenlose Feld. Und dann stand eine riesige Bestie vor ihm. Eine große dunkle Gestalt. Blut lief aus dem Maul des Ungetüms. Mit scharf blitzenden Augen starrte es auf Simon. Dann packte es zu. Die Bestie packte Trepper und warf ihn spielend durch die Luft. Er stürzte zu Boden. Das Ungetüm hob den Fuß und deutete an, Simon zu zertreten. Kurz bevor ihn der Fuß berührte, wachte Trepper schreiend auf. Trepper war schweißgebadet. Er wischte sich den Schweiß von der Stirn und holte tief Luft. Elisabeth war bereits seit einigen Minuten wach. Sein Stöhnen und Ringen hatte sie aufgeweckt. Sie kannte diese Albträume. Elisabeth konnte sich denken, dass es sich um unverarbeitete Kriegserlebnisse handelte. Zweimal wollte sie ihn darauf ansprechen. Doch Simon wiegelte schnell ab. So war seine Art: Wenn ihm etwas unangenehm war, wechselte er schnell und abrupt das Thema. Er wollte einfach nicht darüber sprechen und Elisabeth akzeptierte es.
Sie schloss die Augen und tat so, als würde sie weiter schlafen. Simon musste noch einmal tief durchatmen. Dann stolperte er aus dem Bett und tastete sich in das Bad vor. Er griff nach einem Wasserglas auf der Anrich-

te unter dem Badspiegel und öffnete den Wasserhahn. Eigentlich wollte er das Glas mit Wasser befüllen. Er stellte es aber wieder ab und hielt beide geöffneten Hände unter den Wasserstrahl. Er wusch sich das Gesicht mit dem kalten Wasser. Dann hob er seinen Kopf und betrachtete sich im Spiegel.

So viel ging ihm durch den Kopf. Vor allem Felix. Er hatte so ein gutes Verhältnis zu ihm. Jetzt schien alles vorbei. Der Sohn dachte ganz anders, er entfremdete sich. Wie würde das in ein paar Jahren aussehen, wenn Felix seinen eigenen Weg ging? Den Albtraum verdrängte Trepper. Daran wollte er nicht denken. Er spürte wohl, dass es sich bei diesem wiederkehrenden Traum um einen Bezug zu seiner Kriegszeit handeln musste. Aber er verdrängte diesen Gedanken. Wie alles, was mit dem Krieg zu tun hat. Dieses Abschlachten. Das stinkende Fleisch, wenn die Toten beider Seiten bei 40 Grad in der Sonne schmorten. Die Schreie, das Blut, die verstümmelten Leichen, der Lärm … Dieser schreckliche Lärm. Nein. Er schüttelte mit dem Kopf und unterbrach seine Gedankenkette.

Nein, wiederholte er in seinem Kopf. Das ist vorbei. Nichts davon zählt heute noch. Alles vergessen. Ja, das ist schon das Beste. Einfach alles vergessen. Hatte er nicht seinen Preis dafür bezahlt? Sieben Jahre im Dreck. Er hatte gehungert, wurde mehrfach verwundet, musste in der Gefangenschaft Zwangsarbeiten. Sieben Jahre! Wie schön konnten heute die Jungen aufwachsen? In Frieden und Wohlstand. Und dann kommen sie her und stellen Fragen. Was fällt denen eigentlich ein?

Er ging wieder in sein Bett. Simon merkte nun eine innere Ruhe in sich einkehren. Es tat gut, so zu denken. Er schlief wieder ein.

25

Die in einem Plastikbeutel eingeschweißte Walther P38 lag wieder auf dem Holztisch im Vernehmungsraum II des Polizeipräsidiums München. Dort hatte sie bereits vor vier Tagen gelegen, als Wilhelm Seebach das erste Mal vernommen wurde.

Trepper wiederholte die Passage des Protokolls: „Sie wurden über die mögliche Tatwaffe – eine Walther P38 – aufgeklärt. Sie antworteten darauf, am 28.05.1968: Mir ist keine solche Waffe im Besitz meines Vaters bekannt." Trepper legte das Protokoll auf die Tischfläche und schob die Finger seiner beiden Hände ineinander. Er wollte Hermann Geissler die Gelegenheit bieten, selbst auf die offensichtliche Falschaussage zu reagieren. Geissler blieb stumm. „Gut", murmelte Trepper. „Warum haben Sie uns bei dieser ersten Vernehmung belogen?", fragte er direkt.

Geissler antwortete nicht. „Herr Geissler", schritt Michlbier ein. „Ihre Fingerabdrücke sind auf der Tatwaffe. Sie wollten die Waffe aus dem Geheimversteck holen." Noch immer sagte Geissler kein Wort. „Ihr Schweigen nützt Ihnen nichts. Wenn Sie unschuldig sind, können Sie auch mit uns reden", schlussfolgerte Michlbier. Geissler räusperte sich leise. „Ich bin unschuldig", bekannte er mit schwacher Stimme.

Michlbier hob die Augenbrauen. Er blickte zu Trepper. Dieser stand auf und ging einige Schritte in dem kleinen, spartanischen Raum. „Da erfahren Sie also, dass die Tatwaffe ein P38 ist. Sie selbst hatten diese Waffe in der Hand. Und zwar zumindest unmittelbar vor dem Mord. Und trotzdem sagen Sie uns, Sie wüssten nichts von einer P38." Simon stützte sich mit beiden Händen auf der Tischoberfläche ab und warf einen scharfen Blick auf Hermann Geissler. „Wie sieht das aus? Wie glauben Sie, wirkt das auf uns?"

Die Frage setzte Geissler unangenehm zu. Er fuhr sich über den Mund. „Ja, was haben Sie denn gesagt? Dass mein Vater mit einer P38 ermordet wurde. Da dachte ich natürlich nicht an seine Waffe, sondern an eine andere. Ich bin natürlich davon ausgegangen, der Täter hätte eine andere Waffe gehabt, als die von meinem Vater." Trepper lächelte spitz. Auch Michlbier wirkte gelöst. Geissler hatte offensichtlich nicht mehr das Protokoll im Kopf. Simon nickte zu seinem Kollegen, woraufhin dieser noch einmal die Aussagen im Protokoll aufführte: „Sie wurden darüber belehrt, die mögliche Tatwaffe wäre eine Walther P38. Darauf gaben Sie – ungefragt – zu Protokoll, Ihnen wäre keine Waffe diesen Typs im Besitz Ihres Vaters bekannt."

Geissler bemerkte seinen Fehler. „Das ... Ich denke, da habe ich einfach spontan geantwortet. Ich ... Ich weiß gar nicht genau, warum ich das so gesagt habe." Trepper setzte sich wieder. Es trat eine Pause ein. Als Geissler keine weiteren Erklärungen anführte, setzte Michlbier die Befragung fort: „Das ist die eine schiefe Sache. Nun kommt noch dazu, dass Sie die Waffe gestern Abend entwenden wollten. Wie sieht das Ihrer Meinung nach für uns aus?" Wieder bemühte er das Fragebild von vorhin. Wieder blieb Geissler eine Antwort schuldig

„Dann will ich Ihnen erklären, welche Schwierigkeit wir damit haben: Sie wussten scheinbar, dass sich die Waffe noch in der Wohnung befand. Und da gibt es nun einige, weitere Überlegungen. Sie wussten genau, wo sich die Waffe befand. Ihre Fingerabdrücke waren auf der Waffe. Relativ frische Fingerabdrücke. Sie hatten die P38 relativ kurz vor dem Mord in der Hand. Und dann wollen Sie diese Tatwaffe aus der Wohnung holen ... Aus einer polizeilich versiegelten Wohnung. Wollten Sie die Tatwaffe verschwinden lassen?"

„Nein", antwortete Geissler, diesmal umgehend. „Nein", wiederholte Trepper wortgleich. „Dann erklären Sie es uns. Möglichst plausibel bitte." Geissler fingerte nervös an seinem Hemdärmel herum. Es war zum Greifen, dass er sich eine Geschichte ausdachte. „Ich wollte die Waffe verkaufen", erklärte er schließlich. „Aha", kommentierte Trepper mit spürbarem Zweifel. „An wen?", folgte seine nächste Frage. Michlbier nickte zufrieden. Er dachte selbst genau an diese Folgefrage. Sie stellte Geissler vor erhebliche Probleme. Es stimmte ja nicht – er wollte die Waffe ja nicht verkaufen. „Darüber hatte ich mir noch keine Gedanken gemacht", antwortete Geissler lückenhaft.

Michlbier schüttelte den Kopf. „Das glaube ich Ihnen nicht", bemerkte er trocken. „Sie schleichen sich in eine polizeilich versiegelte Wohnung und entwenden die Tatwaffe in einem Mordfall, um Sie dann für ein paar Mark zu verscherbeln."

Geissler rieb sich mit der Hand fest über die Stirn. „Ach lecken Sie mich doch am Arsch", entfuhr es dem Befragten. Michlbier lächelte spitz. „Und dann noch frech werden." Trepper hielt sich mit dem Scharmützel nicht auf und erinnerte an eine Anekdote von der ersten Tatortbegehung: „Herr Geissler – Sie hatten damals gesagt, Sie freuen sich über den Tod des alten Nazis. Oder so ähnlich ..." Geissler winkte zornig ab. „Was wissen Sie schon! Das war eine Sache zwischen mir und meinem Vater."

26

Aufgrund seiner weitreichenden Kontakte in Münchens Halb- und Unterwelt, saß Wilhelm Seebach nun schon seit zwei Tagen in Untersuchungshaft. Es schien offensichtlich, dass Seebach vielfältige Möglichkeiten besaß, sich falsche Alibis oder Zeugenaussagen zuzulegen.

Während Trepper das nächste Verhör vorbereitete, ereilte ihn der Anruf aus der Justizvollzugsanstalt Stadelheim: Seebach möchte umfassend aussagen. Umgehend machte sich Trepper auf den Weg. Er trug eine schwarze Aktentasche mit den bisherigen Erkenntnissen des Mordfalls Franz Geissler bei sich.

Simon wartete im Empfangsbereich der JVA und betrachtete die große Wanduhr oberhalb der Hauptschleuse. Die Zeiger standen auf 8:26 Uhr. Wahrscheinlich ist ihm der Gedanke auszupacken in einer unruhigen Nacht gekommen, dachte Trepper. Seebach war ein Lebemensch. Obwohl er sicher gut zehn Jahre in unterschiedlichen Gefängnissen, mit unterschiedlich langen Haftstrafen verbracht hatte, gab es nichts, dass ihm mehr zusetzte. Seebach brauchte Menschen um sich. Natürlich Frauen. Aber auch Gefährten, mit denen er sich in das Nachtleben stürzte oder Geschäfte anbahnte. Nichts war für einen kommunikativen Menschen wie Seebach schlimmer, als hinter Gittern zu sitzen und auf sich alleine zurückgeworfen zu sein.

Deshalb, so vermutete Trepper, wollte der Untersuchungshäftling Seebach nun reinen Tisch machen. Oder was er dafür hielt. Die Glaubwürdigkeit seiner Aussagen stellten sich oft genug als reine Lügen heraus. Simon hatte schon etliche Erfahrungen dieser Art gemacht.

Ein JVA-Beamter führte Trepper in den Vernehmungsraum. Simon nahm Platz auf einem der vier Stühle und breitete sein Aktenmaterial vor sich aus. Auf die Frage nach Kaffee antwortete Trepper: „Gerne. Aber bringen Sie bitte auch einen zweiten für der Herrn Seebach. Für mich schwarz, für Herrn Seebach mit Milch und viel Zucker." Der Schließer stutzte, weshalb wohl ein Kriminalinspektor derart gut über die Gewohnheiten eines Hauptverdächtigen Bescheid wusste. Er nickte jedoch zustimmend und verließ den weiß gekalkten Raum.

Einige Minuten später wurde Wilhelm Seebach vorgeführt. „Servus Simon", grüßte ihn Seebach, als wären sie alte Freunde. „Guten Morgen Herr Seebach", erwiderte Trepper höflich, aber distanziert. Seebach setzte sich gegenüber. Er gähnte. „Sag a mal: Könnten mia an Kaffee haben?", fragte Seebach und rieb sich dabei die Augen. Trepper grinste. „Kommt schon", erklärte er lächelnd. Seebach nickte. „Du kennst mich halt", kommentierte er freundlich.

Trepper wurde wieder ernst. „Sie wollten mich sprechen?" Seebach blies beide Backen auf und drückte die Luft langsam heraus. „Ich sag Dir, wie's is: Raus mag ich. Hier herin geh ich ein." Die Stahltüre des Vernehmungsraumes öffnete sich. Der JVA-Mitarbeiter brachte ein kleines Tablett mit zwei Tassen Kaffee herein. Er stellte die linke Tasse vor Seebachs Platz und erklärte: „Mit Milch und viel Zucker." Seebach lächelte. „Mit Dir kann man wenigstens zusammenarbeiten. Du kennst dich aus", lobte Seebach anerkennend. „Der Juskowiak, der is irgendwie zu verstockt. Der nimmt die ganze Sache zu ernst."

Trepper musste lächeln. Dieser Seebach ... Für den ist alles immer nur ein Spiel. Simon unterband sein Lächeln und nahm einen Schluck Kaffee. „Danke", sagte er zu dem JVA-Mann. Dieser verließ erneut den Raum. „Warum wollten Sie mich sprechen?", erneuerte Trepper seine Frage von vorhin. Auch Seebach nahm einen Schluck von seinem Kaffee. „Supergut", lobte Seebach die Qualität seines Kaffees. Doch auch er wurde nun ernster. „Schau her, Simon – ich sag Dir jetzt, wie die Sache wirklich war."
Trepper nickte einmal langsam mit dem Kopf. Bei Seebach konnte man sich nie sicher sein, welche Geschichte er als Nächstes auftischte und wie hoch der Wahrheitsgehalt sein mochte. „Bitte", ermunterte Trepper. Zeitgleich legte er sich den karierten Notizblock zurecht, den er in seiner Aktentasche mit sich führte.
Seebach atmete tief durch. „Schau her: Ich erzähl Dir jetzt, wie es war. Ganz ohne Anwalt oder so an Schmus. Ob's Du es mia glaubst oder ned – so is es gewesen." Seebachs Vorabkommentar seiner folgenden Erklärung weckte Treppers Interesse. Er nickte.
„Also gut. Dass ich beim Geissler am Abend war, des weißt ja schon. Ich hab ihm deutlich meine Meinung gesagt und auch, dass ich anders kann, wenn's sein muss." Trepper nickte erneut. Darüber hatten sie bereits gesprochen. „Ja und dann ..." Seebach starrte auf das vergitterte Fenster. „Es war scho so, wie ihr des vermutet habt: Ich bin ins Atlantis gegangen. A paar Drinks, den Mädels a bisserl zuschauen. Kennst mich ja."
Simon reagierte nicht auf die freundschaftliche Einlassung. Er blieb konzentriert. Von Vermutung konnte keine Rede sein – es gab vier übereinstimmende Zeugenaussagen, dass Seebach in dieser Diskothek an der Leopoldstraße war. Bis jetzt hatte Trepper dementsprechend kein Wort notiert.
Seebach nahm noch einen Schluck Kaffee und wischte sich danach mehrmals über seinen grauen Schnurrbart. Er zögerte. Trepper tippelte mit seinem Bleistift auf das leere Blatt Papier. „Sagen Sie die Wahrheit", ermunterte Trepper. Seebach räusperte sich. „Ja, des sagst Du so leicht." Er rang wirklich mit sich. „Also Simon – Dir vertrau ich. Dir sag ich's. Du bist a gute Haut." Simon nickte. Seebach war sich wohl im Klaren, dass seine Aussage nicht exklusiv an Trepper ging. Aber wenn es ihm half, hier einen persönlichen Bezug herzustellen, dachte Trepper.
„Also ich war wirklich noch mal beim Geissler. Nach der Disco. Ich hat a paar zu viel getankt. Und da hab ich mir gedacht, der kann mich mal. Glaubt der, der könnt mich um mein Geld betrügen." Seebach winkte ab und schüttelte den Kopf. „Des war natürlich a Schnapsidee. Ich wär besser

zur Gitti heimgefahren. Aber ..." Er winkte wieder ab. „Scheiß Sauferei",
erklärte er unwirsch.
Nun kam Seebach ins Reden. Er hatte seine Scheu abgelegt, obwohl er
wusste, wie stark ihn diese Aussage belasten würde. „Ich bin dann also zu
seiner Wohnung. Hab geklopft, geklingelt, geklopft. Er hat dann recht
schnell aufgemacht. Der war auch noch angezogen. Obwohl's da ja scho
eins war, oder so. Na ja, auf jeden Fall hab ich dann ihm noch mal ordentlich die Meinung gesagt. Aber der war selber ned gut drauf. Der hat
mich angeschrien, ich sollt mich schleichen. Er hätt andere Sachen, die
wichtig wären." Seebach steigerte seine Stimme. Seine Faust pochte auf
die Tischoberfläche. Der Rückblick emotionalisierte ihn.
„Dass der so frech war ... Ich mein, der hatte mia mein Geld gestohlen.
Oder verhaut, wenn man's so sager kann. Und dann stellt sich der hin und
sagt so quasi: 50 000 Mark – des is doch nix. Hab dich ned so. Wie gewonnen so zerronnen." Seebach schüttelte mit dem Kopf und atmete tief
durch. „Da is mia der Kragen geplatzt. Die Pistole war auf dem Tisch. Des
war eben die P38 ..." Trepper unterbrach: „Auf dem Tisch? Da sind sie sich
sicher?" Seebach stockte kurz, nickte dann zustimmend. „Ja, ganz sicher.
Des Ding war auf seinem Schreibtisch." Er zuckte mit den Schultern. „Ich
hab dann die Walther genommen. Ich wusst ja ned mal, ob des Ding geladen is. Na ja ... Dann hab ich's ihm an den Schädel gehalten. Hab ihm gesagt, dass ich auch anders könnt. Gedroht hab ich ihm. Also richtig."
Jetzt begann Simon mit einer kurzen Verzögerung die Aussage zu notie-
ren. Seebach stoppte seine Erzählung, um Trepper die Zeit zu geben, alles
mitzuschreiben. Doch Trepper ermunterte umgehend, den Bericht weiter
fortzusetzen. „Gelacht hat er, der Depp. Hat gemeint, ich wär ein Schlappschwanz. Und des, obwohl ich dem Burschen die Knarre direkt an den
Schädel gehalten hab." Seebach stellte die Situation nach, indem er sich
selbst den ausgestreckten Zeigefinger an die Stirn hielt. „Is des zu glauben? So ein eiskalter Hund. Ich war ja wirklich sauer. Aber gut, vielleicht
war des Ding ja auch ned geladen ..."
Trepper blickte auf. Er betrachtete Seebach nachdenklich. Noch immer
hielt er ihn für unschuldig. Aber die Geschichte belastete ihn natürlich
enorm. Die zeitliche Nähe zum Mord war derart nahe. Die genaue Uhrzeit
– 1:14 Uhr – war durch den Nachbarn sehr genau bestimmt. Wenn man
die Zeugenaussagen aus dem Atlantis zusammennimmt und diese mit
Seebachs Erzählung des weiteren Abends zusammenbringt, dann bleibt
nicht viel Spielraum. Wenn Seebach wirklich nicht der Mörder Geisslers

war, dann musste er praktisch unmittelbar vor der Tat die Wohnung verlassen haben. Es ging um wenige Minuten.

„Wie endete Ihre Konfrontation?" Seebach hob die offene, rechte Hand und ließ sie wieder fallen. „Es is a bisserl hin- und hergegangen. Ich hab ihm dann noch mal ordentlich die Meinung gesagt. Er hat dann auch geschrien, ich sollt doch abdrücken. Ich würd mich eh ned trauen. Da hab ich dann bloß gelacht. Du bist ned a mal die Kugel wert, hab ich gesagt. Es war ned lang, dann hab ich ihm die Walther vor die Füße geschmissen und bin raus. Dann bin ich heim zur Gitti."

Simon rieb sich mit dem Zeigefinger über seine geschlossenen Lippen. Es passte einfach zu gut. Was sprach überhaupt noch gegen Seebach? Der zeitliche Ablauf, die Enthemmung durch den Alkohol, das Motiv. Noch dazu galt Seebach selbstverständlich nicht gerade als der gesetzestreueste Bürger Münchens bei den Strafverfolgungsbehörden. Wenn er mit dieser Indizienlage vor Gericht gestellt würde, wäre eine Verurteilung wegen Mordes praktisch unvermeidbar. Und auch Trepper kamen langsam Zweifel. Vielleicht war es ja wirklich Seebach. Auch wenn er im Normalfall kein Mörder war. Unter schwerer Alkoholisierung und herausgefordert im Streit. Wer weiß?

Seebach lehnte sich zurück. Er wischte sich mit beiden Händen großflächig über sein Gesicht. „Des war's Simon. So is es gewesen." Trepper nickte, während er mit gesenktem Kopf noch einige Bemerkungen notierte.

Seebach zögerte einen Moment und ließ Trepper schreiben. Dann stellte er seine wichtigste Frage: „Darf ich jetzt raus?" Trepper erhob sich. Er begann langsam mit dem Kopf zu schütteln. Typisch Seebach, dachte er betroffen. Der merkt nicht mal jetzt, wie ernst die Lage ist.

27

Stefan Michlbier rauchte seine zweite Zigarette. Gelangweilt sah er auf seine Armbanduhr. 13:21 Uhr. Um 13 Uhr wäre er mit Thomas Loider verabredet gewesen. Der Vorsitzende des sogenannten „Antifaschistischen Kampfbundes München" war noch nicht erschienen.

Michlbier wunderte es ohnehin, dass dieser ominöse Kampfbund vollständig nach Vereinsrecht organisiert war – vom Kassenwart bis zum Präsidenten. Da Uwe Seidler und Franz Geisslers Sohn Hermann beide in diesem Verein Mitglieder waren und das Mordopfer etliche, sehr aggressive Drohbriefe von eben dieser Vereinigung erhalten hatte, wollte Michlbier nun doch auch diesem Ermittlungsansatz nachfolgen. Michlbier unterstützte seit einer guten Woche seine Kollegen Trepper und Juskowiak im Mordfall Geissler.

Zu seiner Überraschung war der Kontakt relativ leicht herzustellen: Auf einigen der Drohbriefe stand ein voller Briefkopf, mit Anschrift und Telefonnummer. Das stellte eine Premiere dar – noch nie hatte die Mordkommission Drohbriefe mit Absender gefunden.

Michlbier ließ seinen Blick durch den Gang schweifen. Die Wände der etwas heruntergekommenen Mietwohnung waren engmaschig mit Bildern behangen. Die Porträts zeigten ausschließlich Menschen, die in der aktuellen Studentenbewegung populär waren. Direkt gegenüber von Michlbiers Sitzplatz befand sich eine gerahmte Fotografie von Rudi Dutschke. Michlbier überlegte, weshalb nicht ein schwarzer Trauerflor im Bild von Dutschke war. Er musste nachdenken. Nein, Dutschke hatte ja das Attentat überlebt, fiel ihm ein. Man hörte jetzt einfach nicht mehr viel von dem einstigen Studentenführer.

Schritte klapperten im Gang. Michlbier drehte seinen Kopf nach rechts. Dort stapfte ein junger Mann mit dunkelbraunen, halblangen Haaren heran. Der Kommissar erhob sich. Mit einem breiten Lächeln trat der junge Mann auf ihn zu. „Herr Michlbier? Von der Kripo?" Michlbier nickte. „Sie sind Herr Loider?" Thomas Loider bestätigte. Sie reichten sich die Hand.

Loider führte Michlbier in seine Studentenbude. Diese war tatsächlich als vereinsrechtlich registrierte Postanschrift des „Antifaschistischen Kampfbundes München" eingetragen. In Loiders kleiner Zwei-Zimmer-Wohnung erinnerte aber nicht viel an ein organisiertes Vereinsheim. Die Wände waren dicht mit unterschiedlichsten Plakaten verklebt. Neben politischen Parolen waren auch in loser Anordnung Plakate einiger Rockgruppen aufgehängt. In der Mitte hing zudem ein erotischer Abdruck von Uschi Obermeier, der sie mit nassem Hemd vor einer Meereskulisse zeigte. Vor der Posterwand des Zimmers stand ein mit ungehobelten Brettern grob zusammengezimmerter Tisch.

Michlbier überraschte der freundliche Empfang. Viele Studenten lehnten staatliche Autoritäten - und vor allem die Polizei – rundweg ab. Etwas skeptisch betrachtete er deshalb den jungen Mann, der sich bemühte zwei Stühle an dem Tisch freizumachen. Loider hob große Stapel an Zeitungen, Zeitschriften und losen Blättern von den Stühlen. „Machen Sie sich bitte keine Umstände", sagte Michlbier. „Ich kann auch gerne stehen. Ich denke, es wird nicht allzu lange dauern." Doch Loider ließ sich nicht davon abbringen und mit einigen weiteren Handgriffen hatte er die beiden Stühle frei gemacht. Sie setzten sich.

„Es freut mich, Sie beim Kampfbund begrüßen zu können. Ich bin seit vier Monaten unser gewählter Präsident." Michlbier nickte. Scheinbar fühlte sich Loider geschmeichelt, dass die Kriminalpolizei ihn in seiner Funktion als Vorsitzenden dieser Organisation offiziell ansprach. „Ja, Herr Loider. Schön, dass Sie sich Zeit genommen haben. Ich habe auch nur einige, kurze Fragen an Sie." Loider strich sich durch seine Haare. „Sehr gerne. Der Antifaschistische Kampfbund München hat nichts zu verbergen."

Michlbier zog einen gefalteten Zettel aus der oberen Hemdtasche. Die wenigen Fragen konnte er auswendig, doch hatte er es sich angewöhnt, nie unvorbereitet in Befragungen zu gehen. „Ja. Also es geht um zwei Ihrer Mitglieder – Uwe Seidler und Hermann Geissler ..." Loider unterbrach: „Ehemalige Mitglieder", korrigierte er Michlbiers Angaben. „Ehemalig?", wiederholte Michlbier. Loider nickte. Ohne Hast erklärte er: „Wir haben die beiden ausgeschlossen. Und zudem Bernd Gröbner." Noch ehe Michlbier weiter nachfragen konnte, erläuterte der junge Student die genaueren Umstände: „Die drei waren uns zu radikal." – „Radikal?", entgegnete Michlbier verwundert. „Ihr Verein schreibt und versendet Drohbriefe ..." Loider lächelte überlegen. „Was heißt ‚Drohbriefe'? Das sind Klarstellungen und Erinnerungen. Wir wollen den Alt-Nazis klar machen: Nichts und niemand ist vergessen. Das ist legitim."

Michlbier stützte sein Kinn auf seine geballte Faust. „Legitim? Sie haben in einigen Ihrer Drohbriefe auch Gewalt erwähnt beziehungsweise angedroht." Umgehend nickte Loider intensiv. Es schien, als hätte er diese Aussage erwartet. „Deshalb die Ausschlüsse. Wir haben diesen Punkt intensiv diskutiert. Gewalt ist für uns keine Lösung. Da gab es allerdings bei uns unterschiedliche Ansichten." Loider lächelte und fügte an: „Stand das nicht im Bericht des Verfassungsschutzes?"

Michlbier lächelte zurück und nickte. Tatsächlich hatte Michlbier vorab ein Dossier beim Verfassungsschutz angefordert. Alleine der Titel des Vereins und die Drohbriefe ließen ihn vermuten, der Verfassungsschutz würde den Kampfbund beobachten. So war es auch. Neben Dutzenden anderen linken Vereinen und Zusammenschlüssen, wurde ebenfalls Loiders Kampfbündnis überwacht. Daher hatte Michlbier seine Informationen bezüglich der Mitglieder und der Vereinsstruktur. Allerdings war die Informationslage über diesen Verein sehr dünn. Eine dreiviertel DIN A4-Seite, auf der die untereinander aufgeführten 18 Mitglieder einen Großteil der Beschriftung ausmachten. Dazu einige, stichpunktartige Informationen zur politischen Ausrichtung und eben die Vereinsstruktur, mit Thomas Loider als Präsidenten, einem Helmut Kübmann als Schriftführer und einer Angelika Mußner als Kassiererin.

Loider hatte richtig geschlussfolgert, dass die Kriminalpolizei nicht eigene Ermittlungen anstellen würde und sich auf das Dossier des Verfassungsschutzes verlässt. „Also dann haben Sie Seidler und Geissler ausgeschlossen. Weil diese zu Gewalt aufriefen?" – „Auch", bestätigte Loider ernst. „Es gab auch menschlich das ein oder andere Problem, aber hauptsächlich wegen deren Verhältnis zur Gewalt." Michlbier schwankte mit dem Kopf und wies mit der offenen rechten Hand zu Loider. Dieser führte weiter aus: „Es gibt etliche Studenten, die glauben, es gehe nur mit Gewalt. Also die Veränderung des Systems. Die zwingend notwendige Reform und Transformation hin zum Sozialismus", fügte er mit stolzer Stimme hinzu. „Seidler gehörte dazu. Auch Geissler und Gröbner."

Michlbier rieb sich über sein Kinn. Warum schwärzte dieser Loider seine ehemaligen Genossen an, grübelte Michlbier. Er musste es nicht tun. Und dann ausgerechnet vor der Kriminalpolizei. Irgendetwas gefiel Michlbier daran nicht. Wollte Loider eine falsche Fährte legen?

„Gut, Sie sprechen von Gewalt … Was meinten Ihre Kameraden konkret damit?" Michlbier verwendete den Begriff „Kamerad" absichtlich - wohlwissentlich, dass sich die Studentengruppierungen untereinander nur mit „Genosse" ansprachen und „Kamerad" ein eher rechter Ausdruck war. Loider räusperte sich. „Einschüchterung. Bedrohung. Auch körperliche Gewalt." Michlbier provozierte: „Auch Mord?" Loider zögerte. Dann nickte er mit dem Kopf. „Ja", bestätigte er eindeutig. „Auch Mord." Er atmete tief durch. „Und damit war für uns eine Grenze überschritten." Loider senkte etwas den Blick und fügte hinzu: „Und gerade den Franz Geissler, also Hermanns Vater hatten sie auserkoren. An dem sollte ein Exempel statuiert werden, um ein Zeichen zu setzen."

Michlbier riss die Augen weit auf. Er zeigte sich beeindruckt. Damit hatte er nicht gerechnet. Er ging davon aus, bei dieser Befragung eine unfruchtbare Verteidigungsrede zu hören. Er runzelte die Stirn und blickte skeptisch auf Loider. „Warum erzählen Sie mir das? Sie belasten damit Ihre Kameraden schwer."

Loider wandte sich ab. Er hüstelte verlegen und meinte: „Die Wahrheit lässt sich nicht unterdrücken."

28

Dieter Steiglechner hob eine Bierflasche in Simons Richtung. Dieser griff zu und öffnete den Bügelverschluss der dunkelbraunen Flasche mit dem Papieremblem der Marke Löwenbräu. „Müssten wir eigentlich viel öfter machen", sinnierte Steiglechner, während er selbst seine Bierflasche anhob und es Simon gleich tat.
Sie prosteten sich zu. Seit mittlerweile sieben Jahren wohnten sie im gleichen Mietshaus. Der Zufall wollte es so, dass die Familien Steiglechner und Trepper jeweils eine Tochter und einen Sohn im selben Alter hatten. Dadurch entwickelten sich vielschichtige Beziehungen zwischen den beiden Familien. Unter anderem gingen die Töchter und Söhne in dieselbe Schule, in dieselbe Klasse und waren auch recht gut miteinander befreundet. Ebenso verstanden sich die Elternteile ausgezeichnet.
„Hat sich die Geschichte mit den Studenten jetzt wieder etwas beruhigt?", fragte Steiglechner. Trepper wusste nicht genau, ob sich sein Gesprächspartner damit auf die Studentenproteste im Allgemeinen bezog und auf Treppers Anstellung als Kriminalpolizist anspielte, oder ob es sich um die Kontakte ihre Söhne Hannes und Felix zu den Studenten an der LMU handelte. Beide Väter sahen mit einiger Sorge die Verbindung ihrer minderjährigen Söhne mit den um einige Jahre älteren Studenten.
„Jetzt wo die Notstandsgesetze erst mal durch sind, ist es wirklich ruhiger geworden. Aber es gibt jetzt schon viele von diesen linken Studenten, die sich neuorganisieren. Die wollen weiter Krawall. Aber zurzeit ist es ruhig." Simon betrachtete den Bügelverschluss seiner Bierflasche. „Da kann schon noch einiges auf uns zukommen. Aber ich bin ja in der Mordkommission. Mit den politischen Fällen sind andere betraut."
Steiglechner nahm einen großen Schluck Bier. Er hatte die Frage durchaus zweideutig gemeint, allerdings darauf gehofft, Trepper würde umgehend den Umgang der beiden Söhne mit den Studenten erwähnen. Er wollte einfach mit einem anderen darüber sprechen. Das schwierige Verhältnis zu seinem Sohn belastete ihn. Und er wusste, dass auch Felix öfters in Streit mit seinem Vater geriet.
Er öffnete deshalb dieses Thema: „Unsere Herren Söhne mischen ja neuerdings auch auf diesem Feld mit ..." Simon nickte. „Kann man so sagen", bestätigte er umgehend. „Es ist dieser Einfluss von den Studenten. Der bringt die Zwei so auf." Steiglechner nickte betrübt. Er hob den Zeigefinger und fügte an: „Der schlechte Einfluss! Der schlechte Einfluss von dieser Bagage."

Es trat ein Moment der Stille ein. Simon tippelte an dem Bügelverschluss seiner Bierflasche. Beiden Vätern setzte der Konflikt mit den Söhnen zu. „Waren wir viel anders?", fragte Simon und eröffnete damit das Gespräch von Neuem. Steiglechner zuckte mit den Schultern. Er fuhr sich mit der flachen Hand über seinen kahlrasierten Schädel. „Anders auf jeden Fall. Aber die Zeit war auch eine andere." Er lächelte. „Die Jungen heute haben doch keine Ahnung: Mein Alter hat mich ordentlich verdroschen, wenn was war. Da gab's nix. Wenn ich den Mund aufgemacht hab und ihm gefiel meine Meinung nicht - zack eine drüber." Er unterstützte seine Erzählung visuell, indem er mit der flachen Hand eine kurze Handbewegung ausübte.

Trepper lehnte sich an die unverputzte Mauer des Innenhofes. Er dachte zurück. „Auch in der Schule", begann Trepper zu erzählen. „Wir hatten den alten Stadlmeier. Das war noch ein Frontoffizier von 14/18. Da konntest du gar nicht so schnell schauen, wie der mit der Rute zugehauen hat." Steiglechner nickte. „Jaja ... Unsere Herren Söhne haben doch gar keine Ahnung, wie gut es denen heut geht. Damals hätten die dabei sein sollen. Dann kam auch noch der Krieg ..."

Simon hob die Augenbrauen und blies die Backen auf. „Das ist das große Thema der Jungen. Da spielen sie immer drauf an: Was hast du im Krieg gemacht?" Steiglechner verdrehte die Augen und wiederholte gehässig. „Was hast du im Krieg gemacht?" Er wurde zornig. „Als ob das diese Hosenscheißer was angeht?" Er lehnte sich neben Trepper an die Mauer. „Was wird man schon im Krieg machen?" Nach einer kurzen Pause beantwortete er die Frage selbst: „Menschen umlegen. Ein Spaß ist das nicht gerade. Die sollen froh sein, da nicht dabei gewesen zu sein."

Steiglechners Aussage hatte eine ungeheuer positive Wirkung auf Trepper. Er sah es genauso. Simon legte den Kopf gegen die Mauer und blickte nach oben zum Himmel. „Find ich auch. Ich habe vier Jahre in Russland die Knochen hingehalten. Dann noch mal drei Jahre bei den Franzosen in Gefangenschaft. Und da kommen diese jungen Burschen daher und meinen, sie müssten uns mit Dreck bewerfen." Der Ausdruck „wir" verband Steiglechner und Trepper zu einer größeren Gemeinschaft. Das „wir" umfasste die Elterngeneration, mit ihren Erfahrungen der Vergangenheit, mit ihren Wertvorstellungen und ihrem Blick auf die Gegenwart sowie deren Wünschen für die Zukunft.

Die „anderen", das waren aber die eigenen Kinder. Kinder, die die elterliche Bevormundung und Erziehung hinter sich ließen und einen eigenen Weg in ein selbstständiges und unabhängiges Leben suchten. Im Prinzip handelte es sich um den Generationenkonflikt, wie es ihn zu allen Zeiten gegeben hatte und immer geben wird. Doch eines unterschied das Aufeinandertreffen von Alt und Jung, von Eltern und ihren Kindern, in diesen Tagen: Die junge Generation fühlte sich moralisch überlegen. Sie besaß einen unerhört großen Hebel, die Elterngeneration ins Wanken zu bringen. Einen Hebel, gegen den es kein Mittel gab. Eine verbale Ultimativwaffe, mit der jeder Widerstand gekippt werden konnte.

„Und immer wieder dieser Scheiß mit den Nazis!", erboste sich Steiglechner. „Du kannst Dir ja gar nicht vorstellen, mit wie viel Genuss mir der Hosenscheißer das um die Ohren schmiert", erklärte Steiglechner derb. Simon atmete tief durch. „Ist bei mir ähnlich." Steiglechner warf seine leere Bierflasche in den Grünstreifen, auf dem beide standen. Er drückte sich von der Mauer weg, an der er gelehnt hatte und ging einige Schritte. Es schien, als müsse er durch die Bewegung seiner inneren Erregung etwas entgegensetzen. „Und ich sag's Dir, Simon: Ich war ein Nazi. Ein richtiger. Ein echter."

Trepper setzte seine Bierflasche ab. Damit hatte er nicht gerechnet. Er wusste, dass Dieter Steiglechner in der Waffen-SS kämpfte. Aber über den Krieg hatten sich die beiden nie unterhalten. Auch nicht über die NS-Zeit. Dieses ganze Kapitel blendeten die beiden Männer völlig aus. Nicht, dass es einen Zwang dazu gab. Nur wollte keiner der beiden daran erinnert werden. Deshalb überraschte Simon die deutliche Klarstellung. „Wie meinst Du das? Du warst doch auch nur Soldat, oder?" Simon sagte dies, obwohl die Mitgliedschaft in der Waffen-SS bereits im Dritten Reich unter der Normalbevölkerung verpönt war. Wer anständig bleiben wollte, ging in die Wehrmacht.

Steiglechner fuhr sich wild durch das Gesicht und schüttelte den Kopf. „Für mich war der Hitler ein Heiliger. Alles hab ich geglaubt. Alles!" Steiglechner ging zurück zur Mauer und lehnte sich wieder neben Trepper an das Mauerwerk. „Da gab es keine Gnade. Was wir an der Front gemacht haben ..." Er schüttelte wieder mit dem Kopf. „Da gab es nix. Gefangene haben wir sowieso nicht genommen. Wenn einer die Hände hochgenommen hat – sofort drauf. Die Russen haben wir als Untermenschen angesehen. Das waren für uns ja gar keine Menschen. Auch in der Etappe. Wenn da irgendwas war – und wenn's noch so eine Kleinigkeit war – sofort drauf."

Simon sah den Mann neben sich interessiert an. Er war sprachlos. So viel hatte sich also angestaut. Und mit keinem konnte er darüber reden. So

ging es ihm auch. Der Krieg brannte noch auf seiner Seele. Wie bei so vielen anderen.
Steiglechner ließ den Kopf hängen. „Wenn ich da heute dran denke … Immer wieder kommen die dunklen Träume." Trepper erschrak. Auch das kannte er nur zu gut. Gebannt starrte er auf Steiglechner. „In letzter Zeit träume ich oft von dem Schützen Feldmaier. Walter Feldmaier." Steiglechner schüttelte mit dem Kopf. „Den hab ich eigenhändig erschossen. Am 1. Mai 1945. Das war in Berlin. Der Feldmaier – das war ein ganz junger Soldat, der wird noch keine 20 gewesen sein – da meinte der Feldmaier, wir schmeißen die Waffen weg und verstecken uns vor den Russen. Und warten da, bis der Krieg vorbei ist."
Steiglechner seufzte. „Der hatte natürlich vollkommen Recht. Das wäre das Klügste gewesen. Unser großartiger Führer hatte sich ja selbst in seinem Wohnzimmer die Lichter ausgeblasen." Steiglechner hielt sich dabei die zusammengelegten Zeige- und Mittelfinger der rechten Hand an die Stirn und klappte seinen Daumen ein. „Nur ich Depp dachte nicht daran, aufzugeben. Angeschrien hab ich ihn. Wir kämpfen weiter bis zum Endsieg." Er zuckte mit den Schultern. „Unfassbar, wie blöd man sein kann, wie vernagelt." Simon nickte stumm. Vielleicht ist es ja auch das, dachte er. Vielleicht schämen wir uns auch nur davor, zu erzählen.
„Und wie glaubst du, geht es weiter?" Steiglechner und Trepper sahen sich in die Augen. Dann wandte er sich ab. „Wie es immer ausgeht: Die Buben rennen sich schon noch die Hörner ab. Dann wird es wieder ruhiger. Es gibt Enkel und alle haben sich wieder lieb." Steiglechner begleitete seine Zukunftsvision mit einem sarkastischen Lächeln. „So war es doch immer, wenn Väter und Söhne aufeinandertreffen. War doch schon immer so. Oder etwa nicht?"

29

Richard Marburger klopfte seine Pfeife an dem kleinen Holzaschenbecher aus. „Mein lieber Trepper", begann er zweifelnd. „Warum genau, wollen Sie noch weiter ermitteln? Ich verstehe es einfach nicht. Die Indizienlage gegen den Herrn Seebach ist doch nun wirklich erdrückend."
Er senkte den Blick und begann seine Pfeife von Neuem zu stopfen, während er aufzählte: „Der Herr Seebach war unmittelbar zum Tatzeitpunkt in der Wohnung. Zudem sind seine Abdrücke auf der Tatwaffe die letzten." Marburger blickte kurz auf. „Ich meine, dass alleine reicht ja schon voll-

ständig aus." Dann senkte der Leiter der Münchner Mordkommission seinen Blick und fügte die weiteren Belastungspunkte auf: „Zudem hatte der Herr Seebach ein Tatmotiv, er hat ein Alibi gefälscht, das Mordopfer bedroht und sich in weitere Widersprüche verwickelt."
Trepper kratzte sich an der Stirn. Er hatte in seinen 20 Jahren bei der Mordkommission nun mehr als genügend Fälle bearbeitet, um zu wissen, dass vielfach Mörder mit weit weniger Beweisen überführt wurden. Eigentlich sprach tatsächlich nichts mehr gegen eine Anklage von Seebach – außer Treppers Gefühl und seine Menschenkenntnis. Simon biss sich auf die Lippen. Er nickte stumm. Dann erklärte er seine Beweggründe: „Die Indizienlage ist enorm. Darüber bin ich mir bewusst. Nur … ich kenne den Seebach nun seit über 20 Jahren. Der ist kein Mörder."
Marburger nahm die fertig gestopfte Pfeife in den Mund und entzündete sie. Dicke Qualmwolken stiegen dabei auf und vernebelten sein Dienstzimmer. Er hob beide Hände etwas an und ließ sie wieder auf die Tischplatte sinken. Dann nahm er die Pfeife aus dem Mund und legte sie im Aschenbecher ab. „Tja, ich glaube Ihnen das schon. Aber was heißt das? Mit persönlichen Einschätzungen brauchen Sie nicht zur Staatsanwaltschaft gehen. Da zählen nur Fakten. Mit Gefühlen brauchen wir da nicht um die Ecke kommen."

Trepper betrachtete mitleidig den Untersuchungshäftling Wilhelm Seebach. Dieser wirkte nun tatsächlich weiter gealtert. Kein Vergleich zu ihrem letzten Treffen, vor einer Woche. Bei dieser Vernehmung versprühte Seebach noch seinen immerwährenden Optimismus. Mit wachen Augen und gestenreichen Handzeichen erklärte er seine Geschichte. Seebach hatte sich darauf versteift, seine Version müsste unbedingt als wahr empfunden werden.
Als Trepper jetzt wortlos eine Stange Marlboro-Zigaretten über den Holztisch schob, wusste Seebach sofort, welche Nachricht ihm Trepper übermitteln wollte. „Soll wohl etwas länger herhalten, oder?", bemühte sich Seebach um einen lockeren Spruch. Doch sein Gesicht sprach Bände. Die eingefallenen Wangen und ein ungleichmäßiger Drei-Tage-Bart – diese äußeren Zeichen verrieten Seebachs inneren Zustand. Auch standen seine normalerweise glatt gelegten Haare wirr zu Berge. Seebach sah nicht mehr wie ein Lebemann aus, sondern mehr wie ein alter Greis.
Trepper zuckte mit den Schultern. „Tut mir wirklich leid", erklärte er. Sein Besuch war ohnehin eine absolute Ausnahme. Normalerweise bekäme Seebach die Anklageerhebung anonym per Einschreiben in seine Zelle

zugestellt. Trepper wollte aber den alten Weggefährten – wenngleich er zumeist auf der anderen Seite von Treppers Weg stand – nicht ins offene Messer laufen lassen und ihm vorab erklären, was auf Seebach nun zukommen würde. Als Zeichen seiner Verbundenheit hatte Simon zudem noch die Stange Zigaretten als Geschenk besorgt.

Ohnmächtig folgte Seebach den Erklärungen von Trepper. Am Ende wiederholte Simon: „Es tut mir leid." Seebach starrte einen Moment ins Leere. Dann fing er sich wieder und antwortete generös: „Na Simon. Des bast. A guter Anwalt, a bisserl arm schauen vor Gericht ..." Er zwinkerte mit dem rechten Auge. Die Geste wirkt hilflos. Simon hatte aufrichtiges Mitleid. Andererseits grübelte der Kommissar durchaus: Konnte Seebach nicht wirklich der Täter sein? Er war unmittelbar zur Tatzeit in Geisslers Wohnung und seine Fingerabdrücke waren auf der Tatwaffe.

Simon stand auf und streckte seine offene Hand über den Tisch. Seebach blieb regungslos sitzen. Er hob den Kopf. Der alte Zuhälter erhob sich nun auch langsam von seinem Stuhl und griff nach Treppers Hand. Sie schüttelten sich die Hände und Trepper wünschte Seebach: „Alles Gute!"

Als Simon seine Hand zurückziehen wollte, ließ Seebach nicht locker. Er zog Trepper leicht in seine Richtung.

Seebachs Augen standen weit offen. „Simon, ich bin ein alter Schmatzer. Da kannst oft nicht viel drauf geben, was ich so daherrede. Aber ich war des ned!" Simon kniff die Lippen zusammen und nickte leicht. „Ich weiß scho, dass des jetzt seinen offiziellen Gang geht. Ich weiß scho, dass Ihr jetzt nimmer ermittelt und des zum Gericht geht. Aber halt bitte die Augen offen." Erst jetzt ließ er die Hand Treppers los. Simon zog sie zurück.

Der Kriminalpolizist Trepper blickte mitleidig auf den Zuhälter Seebach. „Ich will es Dir glauben", murmelte Trepper leise. Dann drehte er sich um und verließ den Vernehmungsraum der JVA Stadelheim.

Seebach nickte gedankenversunken. „Danke", schickte er laut hinterher. Trepper hörte es gerade noch, als sich die Stahltür hinter ihm schloss.

30

Sabine Angermeier kam gerade von einer Vorlesung zurück. Eine Doppelstunde Privatwirtschaftsrecht schwirrte ihr durch den Kopf. Auf dem Weg zu ihrer Wohnung kontrollierte sie noch den kleinen Postkasten, der neben einem Dutzend anderer Briefkästen vor dem Hauseingang hing.

Ein einzelner Brief lag quer vor dem Öffnungsschlitz. Sie fingerte den schmalen Brief in schmucklosem Umschlag aus dem Briefkasten. Der Stempel mit dem bayerischen Wappen und der Beschriftung „Staatsanwaltschaft München II" verursachte in ihr sofort ein großes Unbehagen.

Obwohl der Brief an Uwe Seidler adressiert war, riss sie umgehend das Kuvert auf. Es befand sich lediglich ein Blatt darin, dass in etwa zur Hälfte bedruckt war. Schnell überflog sie die dünnen Zeilen. In sprödem Beamtendeutsch wurde Seidler mitgeteilt, dass die Ermittlungen gegen ihn, wegen illegalem Waffenbesitz, eingestellt wurden.

Die Staatsanwaltschaft hätte Seidler gerne ein Verfahren angehängt. Er galt schon lange als Rädelsführer und Unruhestifter in der Münchner Studentenszene. Allerdings reichte Seidlers und Geisslers Versuch, die Waffe von Franz Geissler aus der Bibliothek zu entwenden, hierfür nicht aus. Kurz überlegte Staatsanwalt Dr. Hardenberg noch, ein Bußgeld wegen des Versuchs zu verhängen. Doch beließ er es bei dem ersten Strafbescheid, den Seidler wegen des Siegelbruchs am Tatort bereits zahlen musste. 275 DM kostete Seidler die Beschädigung des Polizeisiegels und das Betreten der versiegelten Wohnung.

Sie ging durch das Eingangsportal in den ersten Stock. In der Wohnung, die Sabine Angermeier mit Uwe Seidler bewohnte, befanden sich bereits vier Personen: Uwe Seidler, Hermann Geissler, Reinhard Bichlmaier und Felix Trepper. Die drei Studenten hatten am Vormittag den Tag an der Ludwig-Maximilians-Universität verbracht. Allerdings nicht mit dem Besuch von Vorlesungen. Sie verteilten Handzettel für eine geplante Veranstaltung im Audimax der Universität.

Als Sabine die Wohnung betrat, saß Bichlmaier im Schneidersitz auf dem Boden und war damit beschäftigt, seine Gitarre zu stimmen. Seidler und Geissler dagegen saßen am Tisch und beschnitten Papierbögen. Das nächste Flugblatt sollte zeitnah verteilt werden. Es handelte sich um einen Aufruf zu einem studentischen Protesttag am 4. Oktober. Alle Studenten sollten sich vor der Universität versammeln und gegen die Kriegsverbrechen der Amerikaner in Vietnam protestieren. Dabei sollten die Studenten einen Menschenring um das Hauptgebäude der LMU bilden und somit jegliches Eintreten verhindern.

Seidler wollte dabei die Handzettel von der obersten Empore aus in den Lichthof der LMU werfen. Ganz so, wie damals Sophie Scholl die Flugblätter gegen das NS-Regime im Jahr 1943. Im Prinzip sah sich Seidler von seinem Widerstand gegen das Establishment relativ nahe bei Sophie

Scholl und den Mitgliedern der We ßen Rose. So schien es ihm nur legitim, seine politische Agenda auf diese Weise zu verbreiten.

Die Druckerei hatte die Flugblätter auf große DIN A3-Blätter gedruckt. Jeweils vier Exemplare auf einem Bogen Druckpapier. Seidler hatte bei der Bestellung den Beschnitt vergessen und so kamen die großformatigen Druckpapiere im Rohzustand an. Nun mussten Seidler und seine Mitstreiter das DIN A3-Papier noch vierteln.

Das erste Mal seit einigen Wochen, war auch Felix Trepper wieder bei der Clique. Nach seiner Liebesnacht mit Sabine Angermeier fühlte er etwas Schuldgefühle gegen Uwe Seidler. Wobei ihm Sabine nochmals versichert hatte, Seidler nähme es mit der Treue auch nicht allzu genau. Aber das war nicht der einzige Grund. Felix nervte zunehmend die Besserwisserei und Hochnäsigkeit der Studenten. Ein echter Dialog wurde ohnehin nie geführt. Alle mussten einer Meinung sein. Es wurden immer und immer wieder die gleichen Parolen breitgetreten. Außerdem zweifelte Felix zunehmend am Sinn des politischen Kampfes. Wogegen wollte man eigentlich rebellieren? Ein Umsturz hin zum Sozialismus? War es denn wirklich in der DDR oder der Sowjetunion so viel besser zu leben?

Felix sah sein Land, die Bundesrepublik Deutschland im Jahre 1968, relativ positiv: Der Wohlstand stieg ständg, es herrschte Vollbeschäftigung, die Menschen konnten sich mehr und mehr leisten, die Beat-Welle schwebte in das Land und die Jugend konnte sich eigentlich recht frei bewegen und das Leben genießen. Der Staat ging im Groben und Ganzen recht human mit der Bevölkerung um und dort, wo es Missstände gab – zum Beispiel in der Benachteiligung von Frauen - wurde auch korrigiert. Wenn auch manches Mal langsam. Die Richtung stimmte, dachte Felix.

Er verstand immer weniger, warum man ausgerechnet in diesem Land einen großen politischen Umsturz benötigen sollte. Eine Revolution mit politischer Gefangennahme des Gegners und einer Diktatur des Proletariats? War das denn wirklich für eine gute Zukunft des Landes notwendig? Reichte nicht der langsame, manchmal mühevolle, aber eben doch stetige Reformprozess in einer frei gewählten Demokratie?

Sicher, es gab wohl noch den einen oder anderen Altnazi in Behörden und Politik, an Universitäten und Schulen. Nur exekutierten diese ja keine Nazi-Politik. Mag sein, dass sich etliche verbogen und in Wirklichkeit noch der NS-Zeit nachtrauerten – gesellschaftlichen Einfluss hatte diese Strömung nicht mehr wirklich viel. Ja: Es gab die NPD, die einigen Zuwachs verzeichnete. Aber war das nicht eher eine Gegenreaktion auf die schroffe, teils gewalttätige Ausformung des linken Protests durch die Studenten?

Es gab für Felix deshalb nur einen Grund, an diesem Tag die Wohnung von Seidler wieder zu besuchen: Sabine Angermeier. Er wollte sie nun, nach fast sechs Wochen noch einmal sehen. Er schwärmte noch ein wenig für die Frau, mit der er seine ersten Erfahrungen gemacht hatte. Nach ihrer gemeinsamen Liebesnacht sahen sie sich nur mehr zweimal. Reden konnten sie wenig. Doch Sabine gab ihm in einem versteckten Moment noch einen großen Kuss auf die Lippen.

Felix saß auf dem Fensterbrett und schnitt ebenfalls mit einer Schere Flugblätter aus. Ihm war es ganz recht, nicht bei Seidler und Geissler zu hocken, die die beiden einzigen Stühle in der Wohnung besetzten.

Sabines Zorn über Uwe Seidler verrauchte umgehend, als sie Felix sah. „Servus Felix", grüßte sie freudestrahlend. „Servus", grüßte Felix mit weicher Stimme zurück. Auch sein Gesicht strahlte. Er sah sie gerne an. „Der Felix hat wieder mal rausgedurft", kommentierte Seidler halb abwesend. Sabine ging direkt zu dem Tisch, an dem Seidler und Geissler die Flugblätter ausschnitten. Sie warf den Brief der Staatsanwaltschaft vor Seidlers Platz auf die schiefe Tischplatte. „Was soll das?", fragte sie erregt.

Seidler tippte das Papier mit dem Zeigefinger an und drehte es ein Stück in seine Richtung. Schnell las er die wenigen Zeilen. „Und?", entgegnete er lässig. „Ist doch gut. Oder etwa nicht?" Sie stemmte ihre Hände in die Hüften. „Red nicht so dumm daher", ärgerte sie sich. „Was habt Ihr in der Wohnung vom Geissler gemacht?"

Seidler lehnte sich weit zurück. Er blinzelte aufreizend zu seiner Freundin. „Du siehst jetzt gerade echt scharf aus. Am liebsten würde ich die anderen Jungs heimschicken." Doch Sabine reagierte nicht auf seinen Versuch, die Stimmung zu ändern. „Hör auf, Uwe. Das ist kein Spaß mehr." Nun wurde auch Seidler ernster. „Was sollen wir schon groß getan haben? Wir wollten uns die Waffe holen. Das hab ich Dir doch gesagt."

Die drei anderen Männer im Zimmer starrten gebannt auf das streitende Paar. Sabine biss sich auf die Unterlippe. Sie schüttelte langsam den Kopf. „Das meinte ich nicht", sagte sie leise. „Ich hab es doch damals gehört, als der Hermann zu Dir gekommen ist. In dieser Nacht damals." Seidler und Hermann Geissler warfen sich einen versteinerten Blick zu. „Ihr habt darüber geredet, den Geissler zu überfallen. Und dann seid ihr weg. Und ein paar Stunden später war er tot."

Hermann Geissler stand auf. „Du weißt gar nichts. Blöde Kuh!", erboste er sich und verließ die Wohnung Hals über Kopf. Donnernd warf er die Tür ins Schloss. Nun richteten sich alle Blicke auf Uwe Seidler. Er stammelte: „Da hast Du Dich sicher verhört. So war es nicht. Wir waren woanders." Sie senkte ihren Blick. „Ich hab mich also verhört, meinst du", wiederholte Sabine traurig. „Wenn du meinst."

31

Trepper konnte es nicht glauben. Er stand auf und ging einige Schritte durch den Vernehmungsraum. Der Kommissar blieb stumm dabei. Annemarie Geissler verfolgte Treppers Schritte aufmerksam. „So ist es gewesen", bestätigte sie ihre Angaben von Neuem. Eine große Träne lief ihr dabei über die rechte Wange. Sie wirkte ernstlich von der Situation mitgenommen.
Simon atmete tief durch. Dann setzte er sich wieder an den Tisch. Er steckte sich eine Zigarette an und nahm einen tiefen Zug. Dann legte er sie in den gläsernen Aschenbecher und lehnte sich zurück. Simon schüttelte leicht den Kopf. „Warum jetzt?", lautete seine kurze, erste Frage, nachdem er nun etwa zehn Minuten Annemarie Geisslers Vortrag zugehört hatte.
„Ich … Ich konnte nicht mehr damit leben. Auch wenn mein Verhältnis zu Franz zerrüttet war. Die Wahrheit musste ans Tageslicht." Simon nahm wieder die Zigarette auf. Er rauchte. „Frau Geissler – bei allem nötigen Respekt: Sie kommen nach etwa fünf Monaten zu mir und erzählen mir diese wilde Geschichte? Dass Ihr Sohn seinen Vater ermordet haben soll. Das fällt Ihnen jetzt ein? Einfach so? Geh ich einfach mal zur Kriminalpolizei und bringe meinen eigenen Sohn ins Gefängnis …"
Sie wischte sich über die Augen. Ihre Tränen schienen echt. „Mir fällt das nicht leicht", antwortete sie mit gebrochener Stimme. „Das dürfen Sie mir glauben." Simon hatte in seinen 20 Dienstjahren schon viele Geschichten gehört. Aber, dass eine Mutter ihren Sohn in Mordverdacht bringt – nicht im Affekt, sondern nach Monaten. Noch dazu, nachdem ein weitgehend eindeutiger Täter ermittelt wurde. Ein Täter, dem man - trotz fehlendem Geständnis – beinahe alle tatrelevanten Beweise entgegenhalten konnte. Das war schon außergewöhnlich.
Simon klemmte die Zigarette zwischen den Zeige- und Mittelfinger seiner rechten Hand. Er kratzte sich an der Stirn, wobei die glimmende Zigarette seinem braunen Haarschopf merklich nahe kam. Er musterte die attraktive Frau mit einem skeptischen Blick. Ihr Gesicht verspannte sich zu einer

ernsten Miene. Simon hob den Kopf und sah sein Spiegelbild in dem Venezianischen Spiegel.

„Sie sagen also aus, Ihr Sohn hätte in der Nacht vom 26. auf den 27. Mai 1968 Ihre Wohnung in der Schwanthaler Straße verlassen. Gegen halb eins?" Sie nickte und bestätigte damit ihre Angabe von vorhin. „Auf Ihre Frage hin, was er um diese Uhrzeit tun wolle, habe Ihr Sohn geantwortet, er möchte den Vater aufsuchen, um mit ihm abzurechnen. Das ist so korrekt?"

Annemarie Geissler presste ihre Lippen fest zusammen. Sie schloss kurz ihre Augen und nickte. Es sah aus, als würde ihr die Bestätigung dieser Angaben selbst leidtun.

Trepper zerdrückte seine verrauchte Zigarette im Aschenbecher. „Ich soll das so zu Protokoll nehmen? Wenn wir Ihre Aussage offiziell aufnehmen, wird gegen Ihren Sohn ermittelt." Sie nickte wiederum still. „Gut", bestätigte Trepper. Er ging zur Rückwand des Vernehmungsraumes. Dort stand in einer Mauernische ein schwarzes Telefon. Trepper hob den Hörer ab und drückte die erste von drei Tasten. „Ja. Trepper hier. Vernehmungsraum II. Schicken Sie mir bitte eine Schreibkraft zur Protokollierung einer Aussage", meldete Simon in ruhigem Ton sein Anliegen.

Er legte den schwarzen Hörer auf, ging zurück zum Tisch und bot Annemarie Geissler eine Zigarette an. Sie nahm mit leicht zitternder Hand eine der HB-Zigaretten aus dem Päckchen. Simon holte sein silbernes Benzinfeuerzeug hervor und entzündete es. Frau Geissler nahm den ersten Zug von ihrer Zigarette.

Trepper verabschiedete sich. „Es kommt gleich jemand für das Protokoll. Machen Sie in Ruhe noch einmal Ihre Angaben. Am Ende lesen Sie sich noch einmal den Text durch und unterschreiben." Sie nickte.

Simon ging die ersten Schritte zum Ausgang, stoppte dann jedoch abrupt. Er drehte sich nochmals um. Trepper runzelte die Stirn. „Eines noch: In einem Monat wird der Mordfall Ihres Mannes verhandelt. Wollten Sie Seebach schützen?" Annemarie Geissler erstarrte. Ihre Augenlider zitterten. „Seebach? Was meinen Sie?", antwortete Frau Geissler unsicher.

Trepper zuckte mit den Schultern. „Wilhelm Seebach. Er wurde doch wegen des Mordes an Ihrem Ex-Mann angeklagt." Annemarie Geissler wirkte benommen. „Was? Aber das ... Ich wusste das nicht." Simon schüttelte ungläubig den Kopf. „Haben Sie sich denn nicht nach dem Fall erkundigt? Sie hätten doch als nahe Angehörige jederzeit Einsicht in den aktuellen Stand erhalten." Sie begann zu zittern. Ohne auf Treppers Frage zu reagieren, wollte Sie wissen: „Dieser Seebach war der Täter? Er ist es gewesen?"

Simon stutzte. „Es gibt etliche, deutliche Indizien. Aber durch Ihre jetzige Aussage ...“ – „Nein!“, schrie Annemarie Geissler. In diesem Moment öffnete sich die Tür. Eine junge Frau betrat den Vernehmungsraum. Es handelte sich um die Protokollantin. „Hauen Sie ab!“, wütete Annemarie Geissler. Ihr Gesicht war rot gefärbt, ihre Augen funkelten wild. „Nichts sage ich! Gar nichts! Dieser Seebach war es. Er hat den Mord begangen!“

32

Hermann Geisslers hellblaues Hemd zeigte deutliche Schweißflecke unter den Achseln auf. Die plötzliche Inhaftierung aus heiterem Himmel hatte den jungen Mann völlig unvorbereitet getroffen. An den Mordfall des Vaters verschwendete er so gut wie keinen Gedanken mehr.

„Dürfen Sie das überhaupt? Mich einfach so mitnehmen. Ich hab doch nichts getan“, lautete Geisslers erste Aussage an diesem späten Nachmittag. Trepper nickte entspannt. „Glauben Sie mir: Wir dürfen das“, antwortete er ruhig. Nach der Aussage und den wirren Reaktionen seiner Mutter, hatte Trepper umgehend die Staatsanwaltschaft kontaktiert. Er wollte sofortige Untersuchungshaft anordnen, um eine mögliche Absprache zu verhindern. Nachdem die Mutter von dem Tatverdacht gegen Wilhelm Seebach erfahren hatte, wollte sie mit wüsten Beschimpfungen ihre Aussage zurückziehen. Es schien eindeutig, dass sie an einer Strafverfolgung ihres Sohnes – nun, da sie von dem anderen Hauptverdächtigen wusste - kein Interesse mehr hatte. Was genau hinter diesem Manöver steckte, konnte Trepper noch nicht abschätzen. Auf jeden Fall schien es ihm zwingend notwendig, Hermann Geissler schnell zu isolieren, um mögliche Absprachen zu unterbinden. Die Staatsanwaltschaft konnte Treppers Argumentation folgen und stellte einen Haftbefehl aus. Vorerst begrenzt auf drei Tage.

„Waren Sie in der Nacht vom 26. auf den 27. Mai 1968 gegen ein Uhr in der Wohnung Ihres Vaters Franz Geissler?“ Hermann Geissler presste die Lippen zusammen. Er ließ sich mit seiner Antwort etwas Zeit. „Nein“, antwortete er schließlich klar und deutlich. „Wir haben eine eindeutige Zeugenaussage, dass Sie sich in der Wohnung zum genannten Zeitpunkt aufgehalten haben.“

Geissler legte den Kopf leicht in den Nacken. „Seidler?“, seufzte er halblaut. „Hat er Euch das gesagt?“ Trepper zeigte keine Reaktion auf den genannten Namen, wenngleich er Geisslers Frage sofort dankbar abspeicherte. War also auch Uwe Seidler in den Vorgang involviert? „Von wem wir diese Aussage haben, tut nichts zur Sache", erklärte Trepper standardmäßig. „Wie kommen Sie sonst drauf?", wollte Geissler wissen.

Trepper schüttelte entschieden mit dem Kopf. „Das tut nichts zur Sache. Entscheidend ist die Aussage an sich: Sie waren in dem genannten Zeitraum in der Wohnung des Ermordeten." Trepper erklärte die Aussage Annemarie Geisslers so zum Fakt. Er lehnte sich damit etwas aus dem Fenster – noch waren die Umstände von ihrer Aussage, die den eigenen Sohn schwer belastete, völlig unklar.

Geissler rieb sich nervös über seine Hand. „Ja, es stimmt", rang er sich schließlich durch. „Ich war tatsächlich in der Wohnung meines Vaters." Simon lehnte sich zurück. Geissler machte auf ihn den Eindruck, reinen Tisch machen zu wollen. So beließ es Trepper bei einer simplen Aufforderung: „Erzählen Sie einfach."

Geissler räusperte sich. „Es geht um die Vergangenheit meines Vaters." Trepper stutzte. „Die Vergangenheit Ihres Vaters?" Geissler klemmte auf der Tischfläche seinen rechten Zeigefinger zwischen Daumen und Zeigefinger der linken Hand und rieb nervös daran. Es schien ihm unangenehm. „Mein Vater war im Krieg in Prag. Er hat dort an der Ausbeutung der Tschechen mitgemacht. Von ganz oben. Da hat er auch viel Schwarzgeld beiseite gebracht. Und er hat sich auch bei deportierten Juden bereichert. Hat denen gefälschte Papiere für Wucherpreise verkauft. Und die dann trotzdem deportieren lassen." Simon legte seinen Bleistift beiseite und verschränkte die Arme von der Brust. Wurde hier gerade ein Mordmotiv aufgeklärt?

„Und dafür musste Ihr Vater bestraft werden? Weil er wahrscheinlich durch offizielle Behörden ungeschoren davongekommen ist?", mutmaßte Trepper. Geissler wand sich etwas auf seinem Stuhl. „Nein. Also doch. Irgendwie ja schon. Wir wollten …" – „Wer ist wir?", intervenierte Trepper umgehend. Geissler blickte auf. „Na, Uwe und ich. Uwe Seidler." Simon nickte, als hätte er mit dieser Antwort gerechnet.

„Wir wollten ihm einen Denkzettel verpassen." Umgehend hob Geissler beide Hände. Sein Gesicht wirkte erschrocken. „Aber jetzt nicht, was Sie denken", erklärte er beinahe panisch. „Kein Mord! Wir wollten, dass er seine Taten eingesteht. Er sollte ein Geständnis unterschreiben. Das hatten Uwe und ich aufgesetzt. Da stand alles genau drinnen. Ich habe das zusammengetragen. Mein Vater hatte eine alte Kiste eingelagert. Da waren Unmengen an Dokumenten drinnen. Da hab ich mich durchgearbeitet. Da gibt es sogar ein Buch, in dem er alle Schmiergelder aufgeführt hat.

Und dahinter hat er dann sogar notiert, wenn einige von den Leuten trotzdem deportiert wurden."

Simon nickte. Die Vorgeschichte interessierte ihn eher beiläufig. Für ihn war entscheidend, was sich in der Tatnacht ereignet hatte. Um die Befragung dahingehend zu beschleunigen, fasste er kurz zusammen: „Sie wollten also diese Taten Ihres Vaters offenlegen. Dafür hatten Sie ein Geständnis formuliert, mit den entsprechenden Inhalten. Und dann? Dann haben Sie dieses Geständnis Ihrem Vater vorgelegt? In dieser Nacht? Kurz vor seinem Tod?"

„Richtig", bestätigte Geissler. Beinahe wirkte er erleichtert, dass Trepper bereits seine weiteren Erklärungen, durch diese Fragen einleitete. „So ist es gewesen: Wir – ich und Uwe – sind zu der Wohnung meines Vaters. Wir wollten ihn überrumpeln. Eigentlich im Bett. Aber er war noch wach. Der hatte ein paar Whiskey getrunken und saß am Schreibtisch." Geissler atmete tief durch. Er zuckte mit den Schultern. „Da hab ich ihm unser Schreiben vorgelegt. Er solle es durchlesen und unterschreiben. Doch …" Geissler senkte den Blick. „Er hat es einfach weggewischt. Er hat uns ausgelacht. So war er eben. Der hat nicht nach links oder rechts geschaut. Beleidigt hat er uns." Geissler legte eine Pause ein. Die Enttäuschung über die Reaktion des Vaters war spürbar.

„Da waren Sie dann wütend? Sie wussten von der Waffe und nahmen diese als Druckmittel an sich?", ermunterte Trepper. Er wollte das Tempo der Aussage hoch halten. Nur wer schnell antwortete, konnte weniger taktieren und sich seine Worte zurecht legen, wusste Trepper. Geissler nickte. „Ja. Seine Pistole aus dem Krieg. Die hat er mir als Kind schon manchmal gezeigt. Ich wusste genau, wo er sie versteckt hatte. Da bin ich dann zum Bücherregal und hab sie rausgeholt. Ich wusste ja nicht mal, ob das Ding geladen ist …" Wieder zuckte er mit den Schultern.

„Ich hab mit der Pistole auf ihn gezielt. Er solle jetzt unterschreiben, sonst …" Geissler wischte sich über die Augen. „Hat er aber nicht. Er hat uns nur weiter beleidigt und ausgelacht." Simon tippelte mit der Hand auf dem Tisch. Die Geschichte könnte so schon passen. Seebachs Fingerabdrücke überlagerten die Abdrücke von Hermann Geissler. Auch wenn der zeitliche Ablauf kurz war – die Reihenfolge der Fingerabdruckserien würde sich so erklären.

Nur eines gab Simon ein Rätsel auf: Warum hatte Annemarie Geissler ihren Sohn derart schwer belastet.

33

Erich Wilbig überprüfte das Etikett und köpfte dann die dritte Flasche Rotwein an diesem Abend. Simon hatte bereits etwas Schlagseite durch den schweren Alkohol. Er hielt die flache Hand über sein leeres Glas. „Jetzt Simon …", brummte Wilbig vorwurfsvoll. „Wenn ich schon mal alle heiligen Tage bei Euch vorbeischau." Trepper lächelte und zog seine Hand zurück. „Ich bin das Trinken einfach nicht mehr so gewöhnt", erklärte er. Wilbig schenkte wieder reihum ein, auch Juskowiak, Michlbier und Hanauer saßen noch im Büro und beteiligten sich an dem Umtrunk. Wilbig schenkte sich zum Schluss noch ein randvolles Glas ein und erklärte: „Ja, meine Herren – so geht's uns Rentnern. Wein, Weib und Gesang." Trepper wusste, dass diese Aussage nicht vollständig richtig war. Erich Wilbig leitete die Mordkommission bis vor 12 Jahren. Nach einem Herzinfarkt wurde er als Abteilungsleiter in den Innendienst versetzt und schließlich mit 60 Jahren frühpensioniert. Dabei liebte Wilbig seinen Beruf. Er war Kriminalpolizist mit ganzem Herzen. Vor allem sein beinahe 35-jähriger Dienst in der Mordkommission hatte es ihm angetan. Natürlich kam ein Lebemensch wie Wilbig auch im Rentnerdasein nicht unter die Räder. Er hatte sich eine feste Schafkopfrunde etabliert, machte viele Tagesausflüge mit seiner Frau und gab sich öfters dem Müßiggang hin, indem er nachmittags ein Schläfchen hielt oder durch die Münchner Altstadt schlenderte. Dennoch hing sein Herz noch an der Löwengrube. Jeden zweiten, dritten Tag passierte er die Ettstraße und warf sentimentale Blicke auf den großen Prunkbau aus den Zeiten des Königreichs Bayern. Wilbig stand dann oft am Tor, unter den beiden mächtigen steinernen Löwen, die auf ihren hohen Säulen mit ihrem finsteren Blicken den Eingang zum Gelände überwachten. Wilbig überkamen dann die vielen kleinen und großen Geschichten seiner Dienstzeit, die er ausnahmslos in dem wuchtigen, hellgrün gestrichenen Gebäude verbracht hatte, das im Volksmund nur Löwengrube hieß. Seine ersten Lehreinheiten in der Mordkommission, als er zum ersten Mal bei der Sezierung einer Leiche anwesend war. Die wilden 20er Jahre, in denen München blühte. Die Nazizeit mit der düsteren Atmosphäre während des Krieges. Und dann der Wiederaufbau. Vieles hatte er erlebt. So viele Menschen hatte er kommen und gehen sehen – Opfer und Täter, Betrüger und Betrogene, Schuldige und Unschuldige. Und natürlich die vielen Kollegen.

Viel Wehmut überkam ihn dann. Es kam auch vor, dass er eine kleine Träne verdrückte, wenn sein Blick über das Eingangsportal schweifte. Was für ein anderes Leben, dachte er dann bewegt.

Aber heute war es anders. Heute hatte er einen „offiziellen" Termin bei seinen alten Kollegen in der Löwengrube. Trepper – mit dem er in losem Kontakt stand - hatte ihn eingeladen, am 10. Jahrestag seiner Pensionierung in der Mordkommission vorbe zuschauen. Gesagt, getan.

Wilbig drückte den Korken wieder leicht auf die Flasche. Er genoss die Atmosphäre. „Die Sache mit Eurer verschrobenen Witwe ist für mich klar: Die will natürlich irgendwas verdecken. Die will den eigenen Sohn hinhängen, um den echten Mörder zu decken."

Simon nippte an seinem Glas und nickte anschließend. „Soweit hatten wir uns die Sache auch schon überlegt", bestätigte er Wilbigs Vermutung. Juskowiak pflichtete bei: „Wir haben auch das ganze Umfeld noch mal ausgeleuchtet. Aber im Prinzip würde nur eines Sinn ergeben: wenn die Geissler den Seebach schützen möchte. Aber das ist es ja nun gerade nicht."

Wilbig schnaufte laut aus und schüttelte mit ironischer Geste den Kopf. „Mensch der Seebach. Der Willi." Wilbig hatte über seine gesamte Dienstzeit immer wieder mit Seebach zu tun. Dreimal musste er direkt gegen ihn ermitteln und auch eine Verurteilung Seebachs ging auf Wilbig zurück. Ein Jahr wegen Meineid und Anstiftung zur Falschaussage musste Seebach in Stadelheim absitzen. Das war 1924.

Wilbig lehnte sich bequem zurück. Sein voluminöser Bauch trat nun deutlicher nach vorne und wölbte sich weit über den Gürtel. „Mensch der Willi ... Also ein Mörder ist der nicht." Simon betrachtete sein gut gefülltes Glas Rotwein. Er stellte es auf dem Tisch ab und schlug die Beine übereinander. Auch er lehnte sich zurück und verschränkte beide Hände hinter seinem Kopf. „Seh ich genauso. Deshalb dachte ich auch, mit der Aussage von der Geissler kommt jetzt die Wahrheit ans Licht. Aber eigentlich wird damit nur der Verdacht gegen Seebach erhärtet."

Wilbig nahm einen Schluck Rotwein. „Wegen der zeitlichen Abfolge?" – „Ganz genau", bestätigte Trepper Wilbigs Annahme. „Es passt so fast noch besser auf Seebach: Der Sohn war ungefähr gegen dreiviertel eins dort, Seebach auf jeden Fall danach. Zudem sind ja Seebachs Fingerabdrücke auf der Waffe – über den Abdrücker von Hermann Geissler gelagert ..."

„Puh", drückte Wilbig sein Erstaunen aus. Seine dicken Backen plusterten sich auf. „Das ist schon happig." Er grübelte. „Und das ist so eindeutig?

Also dass die Fingerabdrücke vom Willi als letzte auf die Waffe kamen?"
Trepper nickte. „Eigentlich 100 Prozent."
„Hm", brummte Wilbig. „Oder war es doch der Willi?" Simon kratzte sich
mit beiden Händen an seinem Hinterkopf und beugte sich dann vor. „Ich
halt es mittlerweile auch nicht mehr für völlig unmöglich. Er war ja auch
angetrunken und ziemlich sauer. Wer weiß?" Simon hob den Zeigefinger.
„Aber da ist ja noch die Sache mit der Annemarie Geissler. Die wusste
nichts von Seebach. Und dann macht die eine solche Aussage über ihren
Sohn." Juskowiak nickte und ergänzte: „Und als sie vom Seebach erfahren
hatte, zog sie alles sofort zurück."
Wilbig lächelte. „Tja meine Herren. Dranbleiben." Er senkte den Blick auf
sein Glas. „Würde ich Euch raten, wenn ich noch Euer Chef wäre."

34

Oskar Möhlmann von der Kurpfälzischen Versicherungsanstalt richtete
sich seine seidenglatte Krawatte. Möhlmann war ein mittelgroßer, dünner
Mann mit fleischigen Backen. Das etwas aufgedunsene Gesicht stand in
Widerspruch zu seiner schlanken Statur. Er trug einen hochwertigen
schwarzen Anzug. „Verzeihen Sie bitte die Umstände", entschuldigte sich
Möhlmann nun persönlich bei Simon Trepper. Er hatte die wortgleiche
Entschuldigung bereits am Telefon ausgesprochen. Simon öffnete seinen
langen Regenmantel. Er schüttelte einige Regentropfen ab. Der dichte
Platzregen, der München binnen weniger Minuten völlig durchnässte,
hatte ihn auf seinem kurzen Fußweg erwischt.
„Kein Problem, Herr Möhlmann", gab sich Trepper generös. Sein Plan, mit
wenigen Telefonaten die großen Versicherungen der Stadt nach Lebensversicherungen oder weiteren Anlagemöglichkeiten zu durchleuchten,
hatte sich schnell erledigt. Keine der kontaktierten Versicherungen und
Banken war bereit, ihm telefonisch Auskunft zu erteilen. So musste sich
Simon tatsächlich auf den Weg machen und sich jeweils vor Ort auswei-
sen.
Möhlmann nahm Simons Dienstausweis und kontrollierte länger als von
Trepper erwartet das Lichtbild und die Angaben. „In unserem Umfeld gibt
es leider eine Menge Betrüger. Deshalb müssen wir gründlich vorgehen",
erklärte Möhlmann seine Skepsis. „Wirklich kein Problem. Mein Anliegen
ist ja auch sicher etwas außergewöhnlich." Möhlmann schwankte ein wenig mit dem Kopf und wies mit der offenen Hand an, ihm zu folgen. „Ach

wissen Sie – wir haben durchaus immer wieder mal mit der Polizei zu tun. Betrügereien, Geldwäsche, Schwarzgeld … Unser Institut kommt leider auch öfters mit Geldern in Kontakt, die nicht vollständig sauber sind", erläuterte Möhlmann, während er einen Seitengang durchschritt. Trepper folgte ihm. „Wobei unser Institut wirklich seriös ist. Es gibt genügend Vermögensverwalter, Versicherungen oder Banken, denen die Herkunft des Geldes egal ist." Er tippte sich auf die Brust und erläuterte: „Bei uns ist das anders. Wenn wir von dunklen Machenschaften erfahren, wenden wir uns an die Ermittlungsbehörden. Wir sind sauber."
Simon nahm Möhlmanns Erklärungen neutral auf. Er kannte die Kurpfälzische Versicherungsanstalt nur vom Namen her. Vor einigen Wochen hatte diese Versicherung großflächig am Münchner Hauptbahnhof plakatiert. Auf den Plakaten sah man einen kleinen Jungen, der die Hand eines erwachsenen Mannes hält und zu diesem aufschaut. Darunter stand in Anführungszeichen der gedruckte Text: „Papa, wie sichert man seine Zukunft?" Daneben prangte das Logo der Versicherung: Das bayerische Rautenmuster, über dem ein Ritterhelm mit Federbusch aufdruckt war. Simon ging mehrmals an dem Werbeplakat vorbei und wunderte sich jedes Mal aufs Neue über den Werbeslogan – als würde sich ein kleines Kind von vielleicht acht Jahren derart ausdrücken.
Sie erreichten Möhlmanns Büro. Der spartanisch eingerichtete Raum verfügte über keine persönlichen Gegenstände. Lediglich ein großer Aktenschrank und ein schmuckloser Schreibtisch standen in Möhlmanns Arbeitszimmer.
Möhlmann trat an seinen Schreibtisch und hob ein Blatt Papier an. „Obwohl ich erst Ihre Berechtigung persönlich überprüfen musste …", begann Möhlmann und überreichte Trepper den etwa DIN A5-großen Zettel. „Habe ich bereits nach Ihren gewünschten Daten geforscht." Simon nahm das Blatt auf und konnte lediglich den Titel „Lebensversicherung" lesen, als ihn Möhlmann bereits über den Inhalt aufklärte: „Es gab tatsächlich eine Lebensversicherung, die auf Franz Geissler abgeschlossen wurde. Vertragssumme bei Erreichen des Renteneintrittsalters 125 000 DM." Simon blickte auf. „Und bei vorzeitigem Ableben?" Möhlmann nickte, als hätte er diese Frage bereits erwartet. „Bei Ableben – ausgenommen Suizid – 325 000 DM." Simon riss die Augen weit auf. „325 000 DM? Das ist ja eine gewaltige Summe." Möhlmann spitzte die Lippen und nickte zögernd. „Ja … Es handelt sich um eine große Summe. Aber wir haben durchaus größere Versicherungspolicen über 500 000 DM oder auch über eine Million." Möhlmann lehnte sich mit seinem Gesäß an den Schreibtisch. „Zumeist

werden solche Lebensversicherungen für die Ehefrau abgeschlossen, um
diese im Todesfall abzusichern."
Simon lächelte spitz. „Jaja … Die Ehefrau …", bemerkte er halblaut. „War
das auch so in diesem Fall? Wurde die Ehefrau im Falle des Ablebens als
Begünstigte geführt?" Möhlmann bestätigte Treppers Vermutung. „Eine
Annemarie Geissler …" – „Ja", erwiderte Trepper sofort, als er den Namen
hörte. Sein Blick wanderte wieder abwärts zu dem Dokument. Schnell
fand er das gesuchte Detail. „6. November 1967. Das ist der Vertragsbe-
ginn?" Möhlmann nickte. Er hatte sich die Rahmendaten des Vertrages
vorab angesehen. Trepper drückte das Dokument in seiner Hand zusammen. Unmittelbar vor der Scheidung, dachte er konzentriert. Wahrscheinlich handelte es sich um ein Vertragsdetail der Scheidung – sie erhielt die
finanzielle Absicherung durch die hohe Summe der Lebensversicherung,
falls Franz Geissler stirbt und keine Unterhaltszahlungen mehr vornehmen
kann.
„Der Betrag wurde bereits ausgezahlt?", lautete Treppers nächste Frage.
„Natürlich", bestätigte Möhlmann. „Noch im Mai dieses Jahres. Frau Geissler hat uns hierfür ihr Privatkonto bei der Stadtsparkasse München angegeben." Möhlmann zuckte mit den Schultern. „Ich hoffe, diese Informationen helfen Ihnen weiter." Simon nickte langsam. „Jetzt sind wir wieder
im Spiel, Willi", murmelte er leise.

35

Annemarie Geisslers Girokonto bei der Stadtsparkasse München wies am
31. Mai 1968 die Guthabensumme von 354 717,23 DM aus. Der Großteil
des Geldes stammte von Franz Geisslers ausbezahlter Lebensversicherung. Dazu kamen noch einige andere Beträge aus dem Nachlass von
Geissler in Höhe von etwa 15 000 DM.
„Dann wird es interessant", bemerkte Trepper und legte das nächste Dia
ein. Auf der weißen Wand sah man eine weitere, schwarz-weiße Kopie
eines Kontoauszuges der Stadtsparkasse München. „Am 14. Oktober 1968
hat Annemarie Geissler die Summe von 250 000 DM von dem Konto abgehoben." Er wartete einen Moment, ob das Datum seinen im Raum ver-
sammelten Kollegen Michlbier und Juskowiak bekannt war. Als er keine
Reaktion erhielt, erläuterte Trepper: „Am 16. Oktober kam dann Frau
Geissler plötzlich zu uns und legte diese Aussage ab, Ihr Sohn wäre der
wahrscheinliche Täter und hätte zur Tatzeit den Vater bedrängt."

Beinahe gleichzeitig lehnten sich Juskowiak und Michlbier zurück in ihre Stühle. „Mein lieber Scholli", kommentierte Juskowiak. Michlbier nickte bedächtig: „Kann kein Zufall sein", meinte er mit ernster Miene. „Seh ich genauso", bestätigte Juskowiak. Simon schaltete das Licht ein und trat nach vorne. Er tippte auf das Datum, welches auf der Projektion an der Wand flimmerte. „Also sie hat ihr Geld. Dann wartet sie einige Monate, hebt das ganze Geld – oder zumindest den Großteil davon ab. Und dann zwei Tage später gibt sie diese Aussage über ihren Sohn ab." Trepper drehte sich zu seinen Kollegen um und legte beide Hände ineinander. „Es muss einen Zusammenhang geben."

Juskowiak stand auf und näherte sich dem flimmernden Bild des Projektors. „Sie deckt den Mörder. Dessen Enttarnung muss unmittelbar bevorgestanden sein. Anders macht es keinen Sinn." Auch Michlbier erhob sich nun. „Oder sie ist selbst die Täterin " – „Kann auch sein", stimmte Trepper dieser Theorie zu. „Nur der Sohn kann es eben nicht gewesen sein", ergänzte Juskowiak. „Es gäbe ja keinen Sinn, warum sie ihn sonst hinhängt." Simon verschränkte die Arme vor der Brust. Er senkte den Kopf und nickte. „Und noch eins müssen wir bedenken: Es muss mit dem Geld zu tun haben. Das muss irgendwo aufgefallen sein. Irgendwo muss das Geld Verdacht erweckt haben. Dann musste sie reagieren. Diese zwei Tage sind entscheidend. Vom 14. Bis zum 16. Oktober. Da muss das Geld irgendwo aufgeschlagen sein. Auch, wenn es da noch nicht um den Mord ging. Die Geissler muss die Gefahr gerochen haben, dass die Geldsumme Rückschlüsse auf den Mörder gibt." Er hob den Kopf und blickte zu seinen beiden Kollegen. „Oder seht ihr das anders?"

36

Jakob Perlbacher war ein gemütlicher Oberbayer. Er sah mit seiner kräftigen Statur, dem großen, weißen Rauschebart und den dichten Augenbrauen in etwa so aus, wie man sich den Alpöhi aus dem Märchenroman „Heidi" vorstellen mochte. Tatsächlich dachte Trepper an diesen Vergleich. Vor einigen Jahren hatte er seiner kleinen Tochter das Märchen vorgelesen und eine der Lithografien in dem Buch sah Perlbacher erstaunlich ähnlich.

„Des is a ganz armer Hund", erklärte Perlbacher, während er eine schwere Eisentür aufschloss. „Der reahrt den halben Tag. Aber er kann dann auch wieder recht guad drauf sein", führte der Urbayer weiter aus. Simon grübelte noch, was der Ausdruck „reahrt" bedeuten könnte, als sie den Zellentrakt erreichten. Perlbacher deutete auf die Zellentür, an der die römische Zahl IV mit weißer Farbe aufgemalt war.

„Da hockt er drin", erklärte der Landespolizist. „Wie lange dürfen Sie den Herrn …" Trepper hatte den Namen vergessen. „Häupli. Helg Häupli", half Perlbacher. „Wie lange dürfen Sie den Herrn Häupli noch in Untersuchungshaft behalten?" Perlbacher durchforstete den großen Schlüsselbund, den er an seinem schwarzen Stoffgürtel führte. „Eigentlich nur drei Tage. Aber die Staatsanwaltschaft hat des jetzt immer wieder verlängert. Sagen mag er ja nix. Der möcht die Tage aussitzen und dann abhauen. Und der Bursche hat ja koan Wohnsitz bei uns in Deutschland. Und die Schweiz liefert ja ned aus. Jetzt hams es verlängert auf 14 Tage."

Simon war angespannt. Die sonderbare Geschichte des Herrn Häupli passte. Als einzige behördlich registrierte Ordnungswidrigkeit wurde hier versucht – unangemeldet - eine größere Bargeldsumme im Zeitraum vom 14. bis 16. Oktober auszuführen. Der Schweizer Staatsbürger Helg Häupli wollte am 15. Oktober die Bundesgrenze bei Konstanz überqueren. Doch schnell weckte der nervöse Mann Misstrauen. Schweiß stand dicht auf seiner Stirn. Er zitterte erheblich. Zuerst dachten die beiden deutschen Bundesgrenzschützer, Häupli hätte vielleicht eine Grippe. Doch schnell stellte sich heraus, dass er lediglich nervös war.

Die Grenzschützer baten Häupli, seinen alten, hellgrauen VW Käfer auf den geteerten Seitenstreifen zu parken. Dort nahmen sie Häuplis Wagen genauer unter die Lupe. Es dauerte etwa drei Minuten, bis die geschulten Augen der Grenzschützer auf eine säuberlich verschraubte Verkleidung im Fußraum stießen. Der Rest der Fußmatte war verstaubt und leicht verschmutzt – der Schraubenkopf der darunter liegenden Metallplatte dagegen war sauber. Häupli lief kreidebleich an, als er sah, wie die beiden deutschen Grenzbeamten im Fußraum des Beifahrersitzes debattierten und schließlich einen passenden Kreuzschraubenzieher heranschafften.

Häupli klammerte sich fest an den Straßenzaun, an dem er lehnte. Einen Moment dachte er noch, in Richtung der Schweizer Grenze zu laufen. Doch bei genauerer Betrachtung erschien es ihm unrealistisch, die fast 200 Meter unbeschadet zurücklegen zu können. Er sah sich schon in seinem Blut liegen, niedergestreckt von den Schüssen der Grenzbeamten. Er schränkte ein – wahrscheinlich würden sie nicht die Schusswaffe gebrauchen. Aber würden ihn dann nicht die Schweizer Grenzer festsetzen?

So beobachtete er unruhig den weiteren Vorgang. Wie von ihm erwartet, entfernten die Polizisten die eingebaute Blechverblendung im Fußraum.

Sie fanden das darunter fein säuberlich gestapelte Geld: In 1000- und 500-DM-Scheinen lagen dort 250 000 DM.

Die Bundesgrenzschützer lächelten sich glücklich an. Das sah ganz nach einem großen Erfolg aus. Umgehend wanderten ihre Augenpaare weiter zum Straßenrand. Dort zuckte Häupli mit den Schultern und nickte. „Des is nix Illegales, oder?", fragte er spontan. Sein Schweizer Dialekt war leicht wahrnehmbar. „Doch, Herr Häupli. Die unangemeldete Ausfuhr von Bargeldbeträgen über 10 000 DM ist strafbar." Er reichte Häuplis Ausweis an seinen Kollegen weiter und erklärte: „Außerdem müssen Sie uns deklarieren, wo das Geld herkommt. Bei dieser großen Summe besteht dringender Verdacht auf Geldwäsche oder aber dass das Geld durch illegale Handlungen, auf strafbare Weise erworben wurde."

Häupli senkte den Blick. Er schüttelte den Kopf. „Das Geld ist sauber", murmelte er leise. „Dann haben Sie ja sicher kein Problem, uns zu sagen, woher das Geld kommt." Doch, dachte Häupli. Er blieb stumm und verweigerte die Aussage.

Perlbacher drehte den schweren Schlüssel um und zog bereits an der Tür. Da legte Simon seine Hand auf das eiserne Türblatt und drückte die Tür wieder in das Schloss. „Er hockt jetzt fünf Tage?", wollte Trepper wissen. Perlbacher nickte. „Sie sagten am Telefon, er hätte lediglich Besuch von seinem Anwalt gehabt und seiner Frau?" Wiederum nickte Perlbacher. Fragend sah er zu Trepper. Dieser tastete seine Brusttasche ab. „Ja wissen's, des versuchen viele. Selbst belasten muas ma sich ja ned. Dann sagen's lieber gar nix und hocken sich den Arsch a paar Wochen breit. Wenn mia nix finden, dürfen die dann wieder raus. Dann gibt's nur a Anzeige wegen unerlaubtem Geldtransfer und eine Anzeige beim Finanzamt." Perlbacher machte diese Erklärung, da er dachte, Trepper wäre sich unschlüssig über das eiserne Schweigen des Zolluntersuchungshäftlings Häupli.

Doch Simon ging es um etwas anderes: „Die Frau nannte sich Häupli?" Der alte Bayer kratzte sich am Ohr. „Ja scho." – „Schweizer Ausweis?" Perlbacher zog die buschigen Augenbrauen eng zusammen. Er grübelte. „Deutscher Ausweis. Da war noch ihr Mädchenname drin. Die meinte, des umschreiben wär so kompliziert, mit den Schweizer Behörden." Simon hatte gefunden wonach, er gesucht hatte. Er hielt Perlbacher eine Fotografie unter die Nase. „War es diese Frau?" Perlbacher nickte. Es handelte sich um eine Aufnahme von Annemarie Geissler.

37

Häupli zögerte keine Sekunde. „Freilich kenn ich die Frau. Des is meine Verlobte." Trepper zog das Bild zurück. „Ich dachte, Sie wären verheiratet?" Häupli lächelte gekünstelt. „Das war nur ein Trick. Damit wollt die Anni schauen, dass sie zu mir kommen kann."

Simon verstaute die Fotografie wieder in der Brusttasche seines Hemdes. „Seit wann kennen Sie Frau Geissler?" Häupli lehnte sich zurück und blickte zur grobverputzten Betondecke. „Ich schätz so ein halbes Jahr, vielleicht. Oder auch ein bisserl länger." – „Sie schätzen? Ein halbes Jahr? Das ist aber nicht sonderlich lange, um sich gleich zu verloben …", kommentierte Simon. Häupli winkte mit beiden Händen ab. „Reden wir nicht lange um den heißen Brei herum. Ich bin mit 250 000 Mark erwischt worden. Hier an der Grenze. Jetzt fragen's sich, ob des Geld von der Anni ist, oder?" Simon konnte nicht auf die Frage reagieren, denn Häupli beantwortete umgehend selbst: „Ja, des Geld is von der Anni. Sie hat's von der Lebensversicherung und wollt es in die Schweiz bringen. Da hat man einfach mehr Ruhe vorm Finanzamt, als wie hier in Deutschland." – „Bankgeheimnis", entgegnete Trepper. „So ist es", bestätigte Häupli kopfnickend. „Außerdem wollten wir dann eh in die Schweiz gehen. Da is es ja viel schöner." Häuplis Antwort wirkte etwas trotzig. „Gut. Aber wo ist das Problem? Es handelt sich ja nicht um Schwarzgeld. Sie hätten es anmelden können. Es ist doch nicht verboten, Weißgeld in die Schweiz zu transferieren."

Häupli richtete sich seine pechschwarzen Haare zu einem adretten Seitenscheitel. „Schauens, Herr Kommissar: Jetzt wo bald bei Euch die Revolution umgeht, wenn Eure Kommunisten-Studenten an der Macht sind – da heißt's: Rette sich wer kann!"

Nebelkerzen nannten die Münchner Kommissare es, wenn Verdächtige durch abrupte Themenwechsel ablenken wollten. Natürlich warf Häupli gerade eine dieser Nebelkerzen. Der Fall schien derart eindeutig, dass daran kein Zweifel bestehen konnte: Irgendetwas musste der heimliche, gescheiterte Geldtransfer mit der überstürzten Aussage von Annemarie Geissler zu tun haben.

„Woher kennen Sie Frau Geissler?", stellte Trepper seine nächste Frage, wobei er Häuplis vorheriger Aussage keinen weiteren Raum gab. „Ich war - oder man kann durchaus auch sagen bin noch – ihr Tennistrainer." Trepper nickte. „Wie lange?" Häupli zuckte mit den Schultern. Er zog beide Mundwinkel nach unten. „Weiß es ned genau. Acht, neun Monate." Trep-

per notierte sich die Angabe. „Also Sie waren der Tennistrainer und dann, als die Ehe von Frau Geissler nicht mehr funktionierte …", mutmaßte Simon. Häupli vervollständigte den Gedanken: „So in etwa kann man es sich vorstellen. Die Anni is ja ein gutes Mädel: Hübsch, gescheit … Ich bin ja auch ned grad der Hässlichste …" Er lächelte spitz. Tatsächlich war Helg Häupli ein attraktiver Mann. „Da is dann mehr passiert." Er grinste breit. „Oder is des etwa auch in Deutschland verboten?"
Simon blieb gelassen. „Also ich habe in diese Richtung noch nie ermittelt", antwortete er emotionslos. Dann fügte er an: „Aber Mord. Mord ist in Deutschland verboten. Dagegen ermitteln wir schon." Treppers Gesicht war angespannt und ernst. Auch Häuplis Gesicht verspannte sich umgehend. „Wieso Mord? Ich hab damit nix zu tun!", bestand er empört.
Simon rieb sich mit der flachen Hand über sein Kinn. „Aber Sie wissen, dass Franz Geissler ermordet wurde?" Häupli zögerte kurz, antwortete dann aber flüssig: „Ja, freilich. Die Anni hat mir des schon gesagt." –
„Kannten Sie Franz Geissler?", lautete Treppers nächste Frage. „Überhaupt ned. Ich hab den Burschen nie gesehen. Ned einmal auf einem Bild." Trepper warf einen zweifelnden Blick auf Häupli. Dieser fühlte sich bemüßigt, seine letzte Antwort zu konkretisieren: „Ich wollt nix von dem Burschen wissen. Ich wollt mit der Anni neu anfangen. Was davor war, des hat mich ned interessiert. Des is doch verständlich, oder?"
Trepper räusperte sich. „Also gut. Haben Sie mit Frau Geissler über den Mord gesprochen?" Häupli nickte deutlich. „Aber freilich. Sie hat mir auch gleich erzählt, wer es wahrscheinlich gewesen ist", erklärte Häupli mit erhobener Stimme. Umgehend unterbrach Trepper seine Notizen und riss den Kopf nach oben. „Wer?" Häupli senkte den Kopf. Er rutschte etwas auf seinem Stuhl hin und her. „Na ja … Ich weiß es gar ned so genau, ob ich des so sagen soll." Simon kratzte sich an der Stirn und schloss kurz die Augen. Natürlich würde ihm Häupli sehr schnell die Antwort geben. Ansonsten hätte er den Hinweis doch überhaupt nicht angekratzt. Es kam so: „Ihr Bub, der Hermann. Der is es wohl gewesen", lautete Häuplis, von Trepper erwartete Antwort.

38

Die Heirat zwischen Franz Geissler und Annemarie Hallstett hatte mehrere Dimensionen. Da war der wirtschaftliche Aspekt. Die Familie Hallstett gehörte zur gehobenen Gesellschaft in München. Ein Onkel von Annemarie war Vorstand in der Bayerischen Industriebank, ein weiterer Onkel erfolgreicher Händler an der Münchner Börse, eine Tante war mit einem Staatsanwalt verheiratet und ihre ältere Schwester hatte sich mit einem der Festwirte des Münchner Oktoberfests ehelich verbunden. Kurzum eine gute Partie für jemanden, der Kontakte in das Wirtschaftsleben der bayerischen Hauptstadt suchte.

Also eine gute Partie für jemanden wie Franz Geissler. Geissler diente den Krieg über in der Verwaltung des sogenannten Protektorats Böhmen-Mähren, dem besetzten und einverleibten Teil der Tschechoslowakei. Geissler nahm es mit seinen dienstlichen Pflichten nicht allzu genau. Er war kein ausgesprochener Sympathisant der NS-Bewegung – mehr ein Karrierist, der eben immer den Haufen unterstützte, der gerade vorn war. Moralische Bedenken kannte der skrupellose Aufsteiger nicht. So bedachte er bei jeglichen wirtschaftlichen Dienstgeschäften immer und zuerst auch seinen persönlichen Vorteil. Dies konnte sich in Form von Machtzuwachs innerhalb des Ministeriums auszahlen, oder einfach in schlichtem, fiskalischem Zugewinn in Form von Devisen oder Wertgegenständen. Geissler erkannte natürlich früh, in welche Richtung sich das Tausendjährige Reich entwickelte. Er selbst dachte noch 1943 – nach Stalingrad - dass es kaum das aktuelle, zehnte Jahr überdauern würde. Dass es dann sogar 12 wurden, machte ihm daher wenig aus. Geissler hatte bereits ab dem Herbst 1943 Kunstgegenstände, Gold und Wertpapiere beiseite geschafft. Selbstverständlich hortete er keine Reichsmarkbestände. Diese würden nach der unausweichlichen Niederlage der Nazis ohnehin nichts mehr wert sein.

Er bereitete auch seinen Abgang aus Prag geflissentlich voraus. Ein befreundeter Arzt in einem oberbayerischen Sanatorium hielt ihm ständig einen Behandlungsplatz offen. Im Februar 1945 war es dann soweit: Geissler verließ – scheinbar tief seelisch zerrüttet – die tschechische Hauptstadt. Die letzten Monate der NS-Herrschaft verbrachte er dann als kerngesunder Patient in eben jenem Sanatorium in Bad Reichenhall.

Bei seiner Entnazifizierung log und bestach sich Geissler eine relativ weiße Weste zusammen und begann schließlich bereits im Dezember 1945 seinen Dienst in der Deutschen Investitionsbank.

Er kam voran, doch bremste ihn seine niedere Herkunft und wohl auch sein etwas forsches, manchmal unbeholfenes Auftreten. Geissler spürte eine gläserne Decke über sich – zu einer gewissen Elite des Establishments zählte er einfach nicht. Dafür fehlte ihm der notwendige Stammbaum. Das musste sich – seiner Meinung nach – dringend ändern. Also forschte er nach einer geeigneten Partie und wurde fündig.

Geissler war nun ein Mann, der genau wusste, wie man Frauen auf seine Seite zog. Er beherrschte das Spiel, zwischen Schmeichelei und harter Hand, erotischen Andeutungen und der scheinbaren Zurückhaltung des Gentlemen. Er wusste einfach, wie man mit dem anderen Geschlecht umgehen muss, um Erfolg zu haben. Nun brüstete sich Geissler oft damit, besonders schwer zu erreichende und unnahbare Frauen bezirzen zu können. Seine Angabe entbehrte dabei nicht einem großen Anteil Wahrheit. Ungleich einfacher erschien ihm nun seine Aufgabe bei Annemarie Hallstett.

Ihre Eltern hatten Annemarie 1936 in ein strenges Mädchenpensionat nach Zürich geschickt. Besonders ihre Mutter ängstigte die unruhige politische Lage in Deutschland. Mit Recht, wie sich noch herausstellen sollte. Beide Eltern kamen nach Kriegsausbruch überein, Annemarie erst wieder nach München holen zu wollen, wenn der Krieg beendet war und eine tragfähige Nachkriegsordnung begann. So verbrachte das Mädchen insgesamt 12 Jahre in der Fremde. Die letzten sieben Jahre ausschließlich in der Schweiz mit lediglich Brief- und Telefonkontakt zur Heimat.

Als die 20-jährige nun 1948 wieder nach München zurückkehrte – die Sehnsucht der Eltern war einfach zu groß geworden – veranstalteten die Hallstetts ein großes Willkommensfest. Bei diesem Sommerfest in der Familienvilla am Starnberger See durfte auch Franz Geissler als Vertreter der Angestellten mit dabei sein. Seine Teilnahme kostete ihn etliches an Bestechungsgeldern. Normalerweise wäre der gewählte Betriebsrat dafür vorgesehen gewesen. Aber eine große tschechische Goldmünze aus Geisslers geheimen Vorräten öffnete den Zutritt zu dem exklusiven Fest. Warum Geissler unbedingt dorthin wollte, war klar: Eine Einheirat in den Hallstett-Clan ermöglichte Beziehungen zu praktisch allen gehobenen Wirtschaftskreisen der Landeshauptstadt.

Geissler war dreist und gerissen genug, sich mehrmals an diesem Nachmittag der jungen, weiblichen Hauptperson der Festivität zu nähern. Annemarie war den Umgang mit Männern nicht gewohnt. Sie hatte lediglich einen kleinen, verschüchterten Flirt mit einem jungen Pensionskoch begonnen. Diese kleine Episode, die zur absoluten Hochzeit einige zärtliche Küsse auf die geschlossenen Lippen des Geliebten beinhalteten, stellte Annemaries einzigen Kontaktversuch mit dem anderen Geschlecht dar.

Einem Experten auf diesem Gebiet, wie Franz Geissler, konnte sie aufgrund dieser fehlenden Erfahrungen nicht gewachsen sein. Der Charmeur wusste genau, was er wann, wie zu ihr sagen musste, um das Interesse zu steigern. Er passte sie noch einige Male in München ab und nach einem guten Monat war ihm die junge, bildhübsche Frau verfallen.

39

Natürlich stand die Ehe zwischen Franz und Annemarie Geissler unter keinem allzu guten Stern. Seine wirtschaftlichen Interessen überstiegen seine emotionalen bei Weitem. Deshalb tat er sich in den Folgejahren immer schwerer, Annemarie echte Gefühle vorzutäuschen.
Er mochte sie ja, aber er liebte sie eben keineswegs. Es langweilte ihn, heiße Liebesschwüre abzugeben. Außerdem schätzte Geissler mehr Aktivität im Bett. Annemaries völlige Erfahrungslosigkeit nervte ihn. Er stürzte sich schnell in Affären und blieb manchmal mehrere Tage fort. Annemarie, die alles auf die Liebe mit diesem Mann gesetzt hatte, verbitterte.
Die Geburt des Sohnes konnte der Beziehung keine neuen Impulse geben. Franz war gänzlich uninteressiert an seinem Nachkommen. Ihn interessierte nur sein eigenes Fortkommen. Und jegliche attraktive Frau in seiner Nähe. Er stellte immer offener unbekannten Schönheiten nach. Darunter waren Nachbarinnen, Geschäftskundinnen, Damen aus dem Freundes- und Bekanntenkreis oder aber auch einfach eine hübsche Bedienung im Stammlokal.
Eine Zeitlang verdächtigte Annemarie ihren Mann nur des Fremdgehens. Zu dieser Zeit wusste natürlich schon längst die gesamte Bank von diversen Affären des leitenden Angestellten Franz Geissler. Ebenso wusste die Familie Hallstett längst Bescheid. Geissler ließ zunehmend auch jegliche Raffinesse fallen. Er bemühte sich nur mehr oberflächlich, seine außerehelichen Eroberungen heimlich ablaufen zu lassen. Das ging von einmaligen Intimitäten am helllichten Tag bis hin zu mehrwöchigen Abenteuern.
Eines Tages stellte ihn Annemarie zur Rede. Tränenüberströmt legte sie ihm Beweise vor: Anrufe von unbekannten Frauen, Spesenabrechnungen von teuren Innenstadthotels – während er angab, an diesen Tagen auf Dienstreise zu sein, dazu Kondome, Telefonnummern auf Servietten von Edelrestaurants und nicht zuletzt Beobachtungen von Freunden und Verwandten, die Annemarie mehrfach gewarnt hatten.

Franz Geissler fiel ein Stein vom Herzen. Ihn belastete die ganze Situation ja auch. „Schatz, ich mag es Dir ganz ehrlich sagen, so wie es ist: Ich bin ein Mann, der nicht nur einer Frau gehört." Geissler meinte diese Worte überhaupt nicht ehrverletzend. Er dachte, man könnte ein Arrangement treffen, eine offene Beziehung installieren. Wenngleich Annemarie mehr und mehr Zweifel an der Ehe mit Franz kamen – diese Aussprache traf sie aus heiterem Himmel. Er wollte eigentlich nur mehr auf dem Trauschein mit ihr zusammen sein und ansonsten könnte man ja getrennte Wege gehen.

Annemarie war völlig perplex. Sie glaubte, er würde es leugnen, um Entschuldigung flehen, einen Neuanfang anbieten. Aber das? Eine offene Beziehung? Das war sein Wunsch? Er wollte überhaupt nicht seine außerehelichen Aktivitäten einstellen. Im Gegenteil: Am Liebsten wäre ihm Fremdgehen mit dem offiziellen Segen der Ehefrau.

„Das ist ja nix Einseitiges. Du kannst Dir doch auch was Schönes suchen", ermunterte Geissler. Annemarie begann zu zittern. Sie konnte in dieser Situation nicht einmal weinen. Oft hatte sie in den letzten sieben Jahren getrauert. Sie stand ihm mit versteinerter Miene gegenüber. Ihr hübsches Gesicht verspannte sich zu einer verzerrten Fratze. Franz Geissler schluckte. Ganz so einfach, wie er gehofft hatte, würde es also doch nicht gehen. „Ich mag Dich ja ...", begann er vorsichtig. „Du bist eine tolle Frau." Er schwindelte. In Wirklichkeit langweilte ihn Annemarie tödlich. Ihn interessierte überhaupt nicht, was sie sagte. „Und Du bist hübsch. Du bist so eine wunderschöne Frau", fuhr er fort. Diese Worte fielen ihm leichter - Annemarie war nach wie vor bildhübsch.

Sie drehte sich wortlos um und ging einige Schritte. „Schatz, wart doch", schickte ihr Franz hinterher. „Lass uns das noch mal in Ruhe bereden." Noch immer glaubte er, Annemarie von einer offenen Beziehung überzeugen zu können. Dann kippte sie um.

40

Annemarie Geissler verbrachte sieben Wochen in einer Kurklinik bei Seebruck am Chiemsee. Dorthin lagerten so manche erfolgreichen Geschäftsmänner ihre betrogenen und überforderten Ehefrauen aus. Auch Annemarie Geissler erfuhr die äußerst teure wie effektive Behandlung aus Gesprächstherapien, Beruhigungsmitteln und sportlichen Aktivitäten.

Franz besuchte sie einmal wöchentlich. Sein schlechtes Gewissen drängte ihn. Doch an seinem Standpunkt hatte sich nichts geändert. Er wollte nicht mehr zuhause die Fassade vom liebevollen Ehemann und Familienvater aufrechterhalten. Diese Rolle konnte zusehends nicht mehr spielen. Er wollte abends raus: Trinken gehen, feiern und vor allem Frauen. Annemarie hatte derweil ihren Lebensmut verloren. In ihrer Trauer und Unsicherheit gab sie schließlich nach. Was blieb ihr auch anderes übrig? Scheidung? Und dann? Sie wollte ja keinen anderen Mann. Und wer würde sie denn schon nehmen? In diesen Kreisen, eine geschiedene Frau mit kleinem Kind.

Wie verabredet holte Franz seine Frau aus der Kurklinik ab und sie sprachen sich auf der Heimfahrt über die Modalitäten der Übereinkunft aus. Franz würde mit Annemarie in der gemeinsamen Wohnung bleiben und die meisten Nächte auch dort verbringen. Sie teilten sich weiterhin Tisch und Bett. Finanziell sorgte sich Franz um alles, was gewünscht war. Zudem verpflichtete er sich, weiterhin mit Annemarie in den Urlaub zu fahren und auch sonst kleinere Ausflüge mit ihr zu unternehmen.

Franz Geissler war sichtlich zufrieden. Als versierter Geschäftsmann lobte er sich in Gedanken selbst, für sein außergewöhnliches Verhandlungsgeschick. Im Prinzip hatte er die Übereinkunft mit seiner Ehefrau eingefädelt, wie einen erfolgreichen Geschäftsabschluss.

Annemarie dagegen konnte ihr Unglück kaum begreifen. Als gefühlvoller Mensch hatte sie sich echte Liebe gewünscht. Dass ihre Sehnsucht nach einem liebenden Partner derart abrupt abgewiesen wurde, brach ihr Herz. Sie verfiel in einen Dämmerzustand zwischen Depressionen, dann durchaus auch wieder Tagen voll Initiative und scheinbarerem Tatendrang, um nachfolgend erneut in ihre aussichtslose Lethargie zurückzufallen.

Noch mehr litt Hermann unter der Situation. Dem Vater egal, konnte sich auch die Mutter nicht ausreichend um den Sohn kümmern. Er hatte niemanden, der ihm Liebe schenken konnte. Nur folgerichtig kümmerte sich Franz um ein Internat. Natürlich sollte es das Beste sein. Franz dachte außerordentlich materialistisch. Er spürte durchaus, dass der Sohn mehr Zuneigung benötigen würde – nur konnte er diese nicht geben. Dafür war er zu sehr Egoist. Franz Geissler war sich dieser, sicherlich nicht sonderlich schönen Charaktereigenschaft seiner selbst bewusst. Aber so sah es nun mal aus. So war er eben.

Franz ließ schließlich seine Beziehungen spielen und Hermann durfte das Eliteinternat Schloss Salem am Bodensee besuchen. Schon beim ersten Rundgang über das herrschaftliche Schloss mit prächtigem Garten fühlte

Franz tiefe Zufriedenheit. Da ist der Bub gut aufgehoben, dachte er sichtlich mit sich selbst im Reinen. Hermann gefiel es auch auf Schloss Salem.
Die Schule bemühte sich sehr um individuelle Förderung der Schüler und
vermittelte ein breites Wissensspektrum – weit über der staatlichen
Lehrplan hinaus. Doch eine enge Beziehung zu den Eltern konnte er nie
mehr aufbauen. Wie alle verstoßenen Kinder schmerzte ihn das Desinte-
resse von Vater und Mutter. Wie bei allen Menschen, die so aufwachsen,
baute sich Spannung und Aggression gegen die Eltern auf.
Währenddessen vergingen die Jahre. Annemarie taumelte durch ihr Leben
im goldenen Käfig. Zwischen trüben Tagen dumpfen Zeittotschlagens,
suchte sie Ausgleich in diversen Hobbys: Reiten, Malen, ein Zweitstudium
Geschichte an der LMU, sie besuchte eine Zeitlang intensiv die Museen in
München und Umgebung und es gab auch einige Monate intensiver Got-
tesdienstbesuche und dem Versuch sich der christlichen Lehre zu nähern.
Über kurz oder lang scheiterten alle Vorhaben, der ausweglosen Situation
zu entrinnen.
Nichts schien ihrem Leben einen Sinn zu geben. Zu Hermann hatte sie
kaum mehr Kontakt. Sie zwang sich, einmal die Woche in Salem anzuru-
fen. Doch nach einigen Versuchen endeten die Telefonate meist nach
wenigen Minuten. Man hatte sich nichts zu sagen.
Im Sommer 1967 begann Annemarie ihren nächsten Versuch, dem tristen
Alltagstrott zu entfliehen. Sie meldete sich beim Tennisclub TC 1907 München an. Der Traditionsverein diente dem reichen Establishment Münchens als populärer Treffpunkt. Sehen und gesehen werden. Doch darum
ging es Annemarie nicht. Sie wollte sich durch die körperliche Auslastung
seelische Ruhe erarbeiten. Deshalb nahm sie sich umgehend einen Tennislehrer. Dieser hieß Helg Häupli.

41

Häupli war ein abgebrannter Lebenskünstler aus dem Kanton Zürich. Er
hielt sich mit allerlei Nebentätigkeiten über Wasser: Schausteller auf
Jahrmärkten, Hotelpage, Dienstbote, Versicherungsvertreter, aber auch
als Küchenhilfe und Taxifahrer. Er hielt es nie lange irgendwo aus. Zudem
verdarb er sich so manches Anstellungsverhältnis durch seine Unzuverläs-
sigkeit und seinen Hang zur Untreue.
Doch Häupli hatte auch seine Fähigkeiten im Umgang mit anderen Menschen. Er konnte begeistern, überzeugen, jemanden für sich einnehmen.

Deshalb fiel er auch immer wieder auf die Füße und ging nie unter. Seine Anstellung als Tennistrainer hatte er wiederum seinem rednerischen Geschick zu verdanken. Er arbeitete als Taxifahrer am Flughafen Riem und kutschierte gerade den Verkaufsleiter von Karstadt München durch die Stadt. Sie plauderten. Nach einigem hin und her kamen sie auf das Thema Freizeitgestaltung zu sprechen. Der Fahrgast erwähnte beiläufig, er würde jeden zweiten, dritten Tag Tennis spielen.

Häupli fasste die Aussage auf und erklärte spontan: „Ach Tennis. Das ist ja ein Zufall. Ich war ja selbst einmal kein allzu schlechter Spieler." Der Fahrgast richtete sich etwas auf dem Rücksitz auf und fragte nach: „Spielen Sie auch im Verein?" Häupli hatte einige wenige Male Tennis gespielt. Eine Freundin in der Schweiz nahm ihn ein paar Mal mit zum nahe gelegen Tennisverein. Doch wie Häupli eben so war, erzählte er frei weg, ohne lange darüber nachzudenken: „Das kann man so sagen. Ich durfte mich sogar vier Jahre als Profi probieren. Zweimal Wimbledon und einmal French Open. Aber beide Male bin ich in der ersten Runde gescheitert."

Der Verkaufsleiter machte große Augen. „Das ist doch mal eine Geschichte. Respekt! Und aktuell?" Häupli richtete seinen Blick konzentriert auf die Fahrbahn und zuckte mit den Schultern. „Das war einmal." Er tippelte sich kurz auf die linke Schulter. „Da is alles hinüber", behauptete er. Da ihm nicht der Name von möglichen Muskeln oder Knochen an der Schulterpartie einfiel, sagte er einfach „alles".

Den Fahrgast betrübte die Antwort. Da wurde also einem so jungen und hoffnungsvollen Talent die Karriere verhagelt. Da muss man doch etwas tun. „Können Sie denn noch ein wenig spielen?", wollte er wissen. Häupli lächelte. „Ei ja. Es geht schon noch ein wenig. Also ein großes Match könnt ich nimmer bestreiten. Aber so ein wenig den Ball übers Netz – da wär ich schon noch dabei." Häupli spekulierte darauf, mit seinem Fahrgast ein kleines Tennisspiel zu bestreiten und sich so eine Anstellung zu ergaunern. Als er von Karstadt hörte, dachte Häupli umgehend an eine schöne Stelle als Verkäufer, oder vielleicht sogar höher.

Das Angebot, welches ihm der Fahrgast nun unterbreitete, war jedoch noch viel besser: „Wir suchen aktuell einen Tennislehrer ... Wäre das denn etwas für Sie?"

Gerade einmal drei Tage später begann Häuplis nächste Karriere. Dieses Mal also als Tennislehrer. Häupli hatte sich an den Vortagen noch in der Landesbibliothek mit allen verfügbaren Büchern über Tennis eingedeckt und mehrere Stunden gelesen. Er kannte somit allerlei Grand Slam-Sieger, Jahreszahlen und die Regeln dieses Sports.

Das theoretische Wissen war nun also im Groben und Ganzen vorhanden. Mehr Sorgen machte er sich über seine praktischen Fähigkeiten in diesem Spiel. Häupli hatte keine Möglichket mehr vorab zu trainieren.

So ging er relativ unsicher in seinen ersten Arbeitstag. Diese Unsicherheit sah man von außen natürlich nicht. Häupli war ein Meister darin, seine fachlichen Mängel durch selbstbewusstes Auftreten mehr als auszugleichen. Zumindest oberflächlich.

Bereits in den ersten beiden Stunden merkte er zudem, dass seine Sorge unbegründet war. Als Tennistrainer war er sportlich kaum gefordert. Das sportliche Niveau seiner Schüler war durchwegs niedrig. Mit harmlosen Schlägen über das Netz und einigen flotten Sprüchen dazu, konnte er den Eindruck erwecken, ein begnadetes Tennis-Ass zu sein. Sein Ansehen stieg.

Schließlich nahm Annemarie Geiss er ihre erste Stunde bei Helg Häupli. Die hübsche, etwas traurig und müde wirkende Frau gefiel ihm sofort. Zuallererst optisch. Aber durchaus auch als Mensch.

Annemarie ging es ähnlich. Sie fand den jungen, athletischen Mann, mit den pechschwarzen Haaren, seinem männlichen Gesicht und dem leichten schweizerischen Dialekt sehr attraktiv. Allerdings hätte sich Annemarie nie getraut, sich ihm zu nähern. Helg dagegen bemühte sich schon ab der ersten Stunde, ihr mit kleinen Anzüglichkeiten und Witzen näher zu kommen. Annemarie amüsierte sich, verstand jedoch nicht Helgs Intention.

So schlich sich Helg nach einer Stunde in den Umkleidetrakt der Damen auf dem Sportgelände des TC 1907. Annemarie war bereits um 10 Uhr zur Tennisstunde gekommen und somit die einzige Frau auf dem Gelände. Helg nutzte die Situation. Völlig entkleidet trat er zu Annemarie in die Duschkabine.

Annemarie erstarrte, während das warme Wasser über ihren Körper lief. Bisher hatte sie nur einen einzigen Mann in ihrem Leben gehabt. Und die Zweisamkeit mit diesem verlief zumeist unerfreulich. „Da hab ich mich jetzt extra absichtlich zu Dir verlaufen", sagte Häupli ernst. Dann lächelte er und zwinkerte mit dem rechten Augenlid. Annemarie blieb regungslos stehen. Sie wusste nicht, wie ihr geschah. Sie musste aber auch nicht weiter reagieren. Häupli übernahm vollständig die Initiative.

Als die beiden die enge Duschkabine wieder verließen, trocknete Häupli seine Herzensdame fürsorglich ab. Er war sehr zufrieden mit s ch. Es hatte ihm auch selbst ziemlich gut gefallen. Da begann Annemarie hemmungslos zu weinen. Sie schluchzte und dicke Tränen rannen über ihr Gesicht. Helg bekam es mit der Angst zu tun. War er zu weit gegangen?

Doch schnell umfasste Annemarie ihren neuen Liebhaber mit beiden Armen und drückte ihn fest an sich. „Ich bin gerade so glücklich", schluchzte sie.

42

Trepper tastete seine Hosentasche ab und fand, wonach er suchte. Schließlich zog er das bereits geöffnete Päckchen Tempo-Taschentücher hervor und überreichte es Annemarie Geissler.

Sie entnahm eines der Papier-Taschentücher, breitete es aus und wischte sich etliche Tränen aus dem Gesicht. Simon presste seine Lippen zusammen und atmete tief durch die Nase aus. Er wartete. Dass Annemarie Geissler derart detailliert über ihre Lebensgeschichte erzählte, hatte er nicht erwartet. Der genaue und schnell vorgetragene Bericht steigerte auch sein kriminalistisches Interesse. Es schien so, als ob Frau Geissler die gesamte Geschichte erzählte, um Verständnis zu erwecken. Baute sie gerade vor, um ihre Mordbeteiligung zu erklären, überlegte Trepper.

Simon faltete die Hände ineinander und fixierte Annemarie Geissler. „Was hat Helg Häupli mit dem Mord an Ihrem Mann zu tun?" Annemarie wich seinem Blick aus.

Sie ging nicht direkt auf Treppers Frage ein und erzählte weiter: „Ich hatte so etwas ja noch nie erlebt. Mit Helg war es ganz anders. Er schätzte mich. Er liebte mich. Und ich liebte ihn." Sie erzählte Trepper nicht alle Details. Einiges war ihr zu intim. Vor allem die körperliche Seite ihrer Beziehung zu Helg Häupli. Zum ersten Mal in ihrem Leben verspürte Annemarie diese enorme, von ihr überhaupt nicht erwartete oder gar für möglich gehaltene, intime Befriedigung ihrer sexuellen Bedürfnisse. Franz Geissler war bis zu diesem Zeitpunkt der einzige Mann in ihrem Leben gewesen. Und dieser scherte sich relativ wenig um seine Frau. Die Ausübung der ehelichen Pflichten stellte für ihn nur eine lästige Pflichtaufgabe dar. Er erwartete eine aktive Rolle seiner Partnerin im Bett. Das konnte Annemarie nicht leisten. Sie wusste auch gar nicht, wie sie es anstellen sollte.

Bei ihrem Liebhaber sah dies gänzlich anders aus. Sie erfuhr nun erstmals, welche enorme Kraft und Intensität, welches große Glück eine erfüllte Sexualität auf den Körper und Geist ausstrahlen konnte. Auch das war ein Grund - wenngleich nicht der einzige - weshalb sie am 3. September 1967

ihrem Mann beim nachmittäglichen Kaffee erklärte: „Es geht nicht mehr." Geissler – wie immer nur halb anwesend – schlürfte von seiner Kaffeetasse und richtete dann wieder seinen Blick in die Frankfurter Allgemeine Zeitung, die auf seinem übergeschlagenen rechten Bein ruhte. Erst mit der Verzögerung von etlichen Sekunden griff er ihre Aussage in Form einer Frage erneut auf: „Was geht nicht mehr?"
Annemarie hatte mit einem derart uninteressierten Verhalten ihres Mannes beinahe gerechnet. Deshalb verzichtete sie auf lange Erklärungen und konfrontierte ihn ohne weitere Einleitung mit ihrem Wunsch: „Ich will die Scheidung von Dir!" Jetzt legte Geissler die Zeitung auf seinem Oberschenkel ab und hob seinen Kopf. Seine Überraschung war groß. „Warum?" Endlich, dachte Annemarie. Endlich hatte sie ihn einmal unvorbereitet getroffen. „Das traust Du Dich zu fragen?"
Er räusperte sich etwas verlegen. „Aber … Wir hatten das doch besprochen. Und das ist doch jetzt so viele Jahre ganz gut gelaufen." Erst jetzt fiel ihm das entschlossene und feierliche Gesicht seiner Frau auf. Sie wirkte in der Tat verändert. Er lächelte: „Hast Du einen anderen?" Annemarie sah ihm direkt in die Augen. Sie war ihm in dieser Situation erstmals überlegen. „Und wenn es so wäre?" Wieder grinste Geissler. Sein Gesicht strahlte Gutmütigkeit aus. „Dann würde ich mich für Dich freuen. Wenn er was taugt", schränkte er ein. „Er taugt etwas!", entgegnete Annemarie.
Geissler war dieser Umstand tatsächlich egal. Nur Scheidung – das bereitete ihm Kopfzerbrechen. So etwas sah einfach nicht gut aus. Die Leute würden reden und er wollte es sich auch nicht mit der Familie Hallstett gänzlich verderben.
„Er wollte erst nicht", erklärte Annemarie Geissler. „Wir haben uns einige Wochen darüber gestritten. Aber schließlich willigte er ein." Trepper nickte. „Und warum? Ihre Ehe existierte doch auch schon davor nur mehr auf dem Papier?" Sie sah Trepper verwundert an. „Ich wollte frei sein. Frei sein für Helg. Ich wohnte ja noch immer mit Franz zusammen. Und …" Sie senkte ihren Blick und zuckte mit den Schultern. „Vielleicht hätte ich auch Helg geheiratet. Ganz offiziell. Ich dachte oft daran."
Nach seinem anfänglichen Widerstand gab Franz Geissler nach und zeigte sich großzügig. Annemarie erhielt monatlich 2000 DM Unterhalt und – das war Franz Geisslers Idee – er schloss eben jene großzügige Lebensversicherung ab, damit sie versorgt war, wenn ihm etwas zustoßen sollte.
Trepper nickte. „Die Lebensversicherung", wiederholte er mit ernstem Gesichtsausdruck. „War das Franz Geisslers Todesurteil?"

43

Helg Häupli verschluckte sich beinahe. Er legte das mit Butter und Honig bestrichene Brötchen zurück auf das Tablet und räusperte sich noch einmal. Jetzt war sein Hals wieder frei. „325 000 DM?", fragte er sicherheitshalber nach. Hatte er gerade wirklich richtig gehört? Annemarie zuckte mit den Schultern. Sie schmiegte sich an seine Seite und streichelte über seinen Bauch.

„Ja", bestätigte sie. „Das ist für den Fall, wenn Franz stirbt. Für meine Absicherung. Und wenn Franz das Rentenalter erreicht 125 000 DM. Davon erhalte ich die Hälfte." Diese Information machte deutlich weniger Eindruck auf Häupli. „Also 62 500 Mark ... Wann ist denn der gute Franz so alt?" Annemarie überlegte laut: „Er ist 1918 geboren ... Und mit 65 ... Also das müsste 1983 sein." Häupli verdrehte die Augen. Er griff wieder nach seinem Brötchen. „1983", wiederholte er etwas enttäuscht. Er nahm einen Bissen von seinem Brötchen. Annemarie und Helg frühstückten oft im Bett. Sie hatte dafür eigens ein Frühstückstischchen gekauft, das sich höhenverstellbar direkt neben der Matratze platzieren ließ.

„Na ja", brummte er mit halb vollem Mund. „Da wär 1973 besser." Sie küsste seine Brust. „Uns geht es doch nicht schlecht", meinte sie zärtlich. Mit einem lang gezogenen „ja" antwortete Häupli wenig überzeugt. „Aber große Sprünge können wir ja auch ned gerade machen." Sie kicherte und streichelte über seine leichte Brustbehaarung. „Was für Sprünge denn?", wollte sie wissen.

Häupli fuhr mit seiner Hand über ihren warmen Rücken und griff fest nach ihrem Po. „Na eben dass wir unabhängig sind. Stell Dir das doch mal vor: eine Woche in London, dann nach Florida, Hawaii ... Oder, dass wir uns ein richtig schönes, großes Haus kaufen. In Zürich oder Wallis." Annemarie nahm seine Tagträumerei nicht ernst. Sie zwickte ihn in die Brust. „Ich bin glücklich, so wie es ist." Häupli unterdrückte seine Antwort. Am liebsten hätte er gesagt, dass er eben genauso nicht glücklich ist. Mit Annemarie schon. Er schätzte sie sehr. Liebe wäre bei einem Frauenhelden wie Häupli zuviel verlangt. Aber er mochte durchaus sein Leben an ihrer Seite. Doch wirklich unabhängig waren sie nicht. Er schon gleich gar nicht. Noch immer gab er wöchentlich 20 Stunden den Tennistrainer und ehemaligen Wimbledon-Spieler. Es langweilte ihn. Der Verdienst war ordentlich, doch mit 1100 DM ließ sich auch nicht gerade ein Leben führen, das sich Häupli wünschte.

Häupli war zudem ein unruhiger Geist. Er wollte so nicht weiterleben. Noch 30 Jahre lang reiche Unternehmerfrauen mit dem Tennisschläger über eine Wiese scheuchen und dabei flotte Sprüche abgeben. Dazu die Beziehung zu Annemarie. So wie es aktuell lief, war es angenehm. Doch wie lange würde das so noch gut gehen? Es gefiel Häupli, doch er dachte an die Zukunft. Sollte er weiter als Liebhaber fungieren, bis er Annemarie doch eines Tages überdrüssig wurde und sie sich trennte? Ihre gegenwärtige Begeisterung konnte auch vergehen. Gerade, wenn sein eigener Enthusiasmus für die Beziehung langsam abnehmen würde. Natürlich musste das über die Zeit passieren. Häuplis längste Beziehung zu einer Frau betrug gerade einmal ein gutes Jahr. Er brauchte selbst von Zeit zu Zeit etwas Neues. So war er eben. Häupli kannte seine Charakterzüge und konnte sich gut einschätzen. Wie würde sich seine Beziehung zu Annemarie entwickeln, wenn er ihr dann doch einmal fremdging?
Aber da waren nun diese 325 000 DM. Die Summe beschäftigte Häupli. Wie lange konnte man davon richtig gut leben? Es musste ja kein extremer Luxus sein. Aber ein paar ordentliche Hotels in den schönen Gegenden dieser Welt. Dazu immer etwas Kleingeld für Restaurants, Kino, Tanzlokale und was das Leben sonst noch schön machte. Wie viel braucht man dafür? 30 000 DM im Jahr? Das wären dann zehn gute Jahre. Elf, vielleicht sogar. Nein, korrigierte Häupli seine Gedankenspiele – eher zehn. Zehn schöne Jahre … Und dann? Häupli grübelte. Ach egal, resümierte er. Es findet sich immer etwas. Vielleicht gefällt es ihm ja auch mit Annemarie. Dann bleiben die beiden zusammen. Oder auch nicht.
„An was denkst Du?", hauchte Annemarie. „Nix", brummte Häupli. Er tätschelte wieder ihren nackten Po. „Lass uns noch ein wenig schlafen."

44

Häuplis Entschluss stand fest: Die 325 000 DM sollten ihm gehören. Ihm und Annemarie natürlich … Aber doch schon mehr ihm selbst. Allerdings würde es sicher schwer, auch Annemarie davon zu überzeugen. Eine Zeitlang dachte er an einen fingierten Unfall. Man könnte ja die Bremsen von Franz Geisslers Auto manipulieren. Oder Gift? Vielleicht Gift ins Essen mischen. Der Vorteil davon war, dass er es nicht unbedingt Annemarie sagen musste.
Doch Häupli verwarf die Pläne wieder. Zu unsicher. Noch dazu hatte er selbst keinerlei Kontakt zu Franz Geissler. Er kannte nicht dessen Umfeld,

seine Lebensgewohnheiten, die Plätze, an denen er sich gerne aufhielt, wo er zu essen ging, seinen Arbeitsweg, seine Affären. Es musste also anders gehen. Der Weg zum Erfolg konnte nur über Annemarie führen. Sie hatte einen Wohnungsschlüssel zu Geisslers Stadtwohnung. Außerdem hatte sie einmal beiläufig eine Pistole erwähnt, die Geissler in seinem privaten Arbeitszimmer aufbewahrte. Diese solle sich in dem Bücherregal, hinter einem Foto aus der Nazizeit befinden.

Das passte. So könnte es gehen. Zuerst dachte Häupli sogar, Annemarie mit dem Mord zu beauftragen. Aber auch dieses Gedankenspiel beendete er schnell - das würde Annemarie bestimmt nicht tun. Er musste die Sache schon selbst erledigen.

So stand sein Plan fest: Er würde sich in die Wohnung von Franz Geissler schleichen – das konnte er unbemerkt tun, mit dem Wohnungsschlüssel von Annemarie. Dann besorgt er sich die Waffe aus dem Versteck. Und dann ... Häupli war kein Mörder. Im Gegenteil ging er Gewalt sogar eher aus dem Weg. Aber der Gedanke daran, diesen ihm völlig fremden Mann zu erschießen, machte ihm nichts aus. So die Theorie. Wie es dann in der realen Situation aussah, wusste Häupli selbst nicht. Aber er traute es sich zu.

Nun kam für ihn der eher schwierige Teil seines Plans: Er musste Annemarie überzeugen. Für dieses Unterfangen begann er geschickt, seinen Kontakt zu Annemarie zu verringern. Sahen die beiden sich zwischenzeitlich beinahe jeden Tag, so ließ er sich nun seltener blicken. Er ging einen Tag nicht ans Telefon, erklärte ihr, am nächsten Tag, er habe keine Zeit und dann – unverhofft – tauchte er am dritten Tag wieder bei ihr auf. Dann war er sehr liebevoll, machte ihr Komplimente, war zärtlich zu ihr. Häupli löste damit gleichermaßen Verlangen wie Unsicherheit aus. Genauso hatte er es geplant.

Drei Wochen lang betrieb er dieses Spiel. Dann schien ihm die Situation reif. Sie liebten sich lange und intensiv an einem verregneten Nachmittag. Helg gab sich außergewöhnlich viel Mühe, Annemarie zu verwöhnen. Erschöpft und glücklich sank sie schließlich in seine Arme. Doch während sich Annemarie ganz der Innigkeit mit ihrem Partner hingab, blieb Helg immer konzentriert, auf genau diesen Moment.

Er wartete noch einige Sekunden, drückte sie fest an sich, lockerte die Berührung wieder und sagte: „Schatzi, ich denke, es geht nimmer so weiter." Besorgt hob sie den Kopf. Angst machte sich bei ihr breit. Ihre Augen wurden glasig. Sie dachte bei diesen Worten sofort an ihren wortähnlichen Dialog mit Franz, in dem sie ihm die Scheidung mitteilte. „Willst Du

Dich scheiden lassen?", fragte sie deshalb auch deplatziert. Ihre Frage brachte ihn zum Lächeln. „Sind wir denn verheiratet?", fragte er amüsiert. Annemarie zeigte keine Regung. Sie blieb todernst.

„Das ist es nicht", beschwichtigte Helg. Er seufzte. Mit seiner rechten Hand griff er nach dem rot-weißen Marlboro-Päckchen auf dem Nachttisch und steckte sich eine Zigarette an. Er seufzte wieder. Durch die Pause steigerte er geschickt Annemaries Nervosität. Sie bekam eine Gänsehaut. „Du willst mich verlassen?", erneuerte sie ihre Frage von vorhin. Helg bemühte sich, ernst und niedergeschlagen zu wirken. Es fiel ihm schwer.

„Das ist es ned", antwortete er mit seinem leichten Dialekt. „Aber ... Das alles hier in München ... Das wird mir zu eng." Auch sie setzte sich jetzt im Bett auf. Wortlos hob sie ihre rechte Hand und öffnete Zeige- und Mittelfinger einen Spalt. Helg gab ihr seine brennende Zigarette. Während sie einen Zug nahm, sprach er weiter: „Wie soll das hier denn gehen? Ich bin Dein Gigolo hier in dieser Bude, mach so noch den Deppen als Tennislehrer und so wollen wir das halten, bis dass uns der Tod scheidet?"

Seine Erklärung beruhigte Annemarie ein klein wenig. Er wollte sich also nicht akut von ihr trennen. „Wir haben doch alles ...", versuchte sie leise zu beschwichtigen. Helg gab sich zerknirscht. Sein bärtiges Gesicht verzog sich. „Weiß ned", begann er. Helg lehnte seinen Kopf an das Bettgestell. „Das wird mir zu eng. Überall hier ist Deine Familie. Die dürfen mich ja ned sehen." Umgehend legte Annemarie Einspruch ein: „Was heißt nicht sehen? Wir müssen uns halt ein bisschen Zeit geben. Die werden das schon verstehen?" Er lächelte schnaubend. „Verstehen?" Er bog beide Hände nach innen und deutete so auf seine Brust. „Nichts gegen Deine Leut, aber ... Du glaubst doch ned, dass die in mir mal einen passenden Schwiegersohn sehen werden? Für die bleib ich ein dahergelaufener Gigolo. Sonst nix."

Sie rauchte nochmals und gab ihm dann die Zigarette zurück. Er klopfte die überstehende Asche am Aschenbecher ab, indem er mit der Zeigefingerspitze auf die Zigarette tippte. Dann nahm er wieder einen Zug. Annemarie schmiegte sich eng an ihn. Ihr Kopf ruhte auf seinem leicht beharrten Bauch. Er rauchte mit der rechten Hand und streichelte mit der linken über ihre offenen Haare.

„Sollen wir weggehen?" Die Frage erleichterte es Helg sehr. Er dachte, sie hänge vielleicht an München. Doch scheinbar war die Bindung weit geringer, als er gedacht hatte. „Das wäre schön. Irgendwo hin, wo man uns ned kennt. Wo Du nicht die betrogene Ehefrau bist und ich der Gigolo. Wo wir

offen auf die Leut zugehen können, ohne dass die sich das Maul zerrei-
ßen."
Helgs Antwort gab ihr Sicherheit. Es lag also nicht an ihr. Er wollte nicht
weg von ihr, sondern lediglich von München und ihrer Familie, dem ge-
schiedenen Mann und dem eintönigen Beruf, der ihm zunehmend weniger Spaß machte. Helg klagte oft darüber. Es bereitete ihm keinen Spaß,
einen Ball mit einem Schläger Hunderte Male hin und her zu schlagen.
„Aber wovon sollen wir leben?", wollte Annemarie wissen. Helg konnte
sein Glück kaum fassen. Auch in diesem Punkt kam sie ihm entgegen. Er
musste also nicht selbst das Thema Geld anschneiden. „Das ist natürlich
die Frage …" Er tat so, als grübelte er über diesen Punkt nach. Bevor er
allerdings zu seiner bereits längst feststehenden Antwort kam, führte er
weiter aus: „Ich mag ja ned mit Dir in irgendwelchen billigen Motels übernachten, wo sich die Kakerlaken gut Nacht sagen. Ich möchte mit dir eine
schöne Zeit haben, die Welt sehen, was erleben, gut essen, im Meer baden, der Eiffelturm, das Kolosseum … Es gibt ja so viel, was ich mit Dir
machen möcht."
Annemarie hörte ihm gern zu. In Gedanken malte sie sich tatsächlich die
genannten Ziele aus. Er rundete seine Erklärung ab, indem er weiter aus-
führte: „Aber da mag ich ned irgendwo als Anstreicher arbeiten und Du als
Kindermädchen. Da mag ich schon ein Geld haben, damit wir das Leben
auch genießen können." Sie streichelte über seine Brust. „Ich hab doch
auch ein bisschen Geld. Wir können uns schon etwas über Wasser halten", sagte sie.
„Über Wasser halten", wiederholte Helg leise. „Das ist ned das Richtige.
Ich mag auf dem Wasser gehen", bemühte er einen verunglückten Vergleich. „Ich könnte mein Studium abschließen und dann eine Arbeit annehmen. Meine Familie hat Einfluss. Wir haben bei einigen Banken in
Deutschland und auch der Schweiz etliche Beteiligungen. Da könnte man
bestimmt für mich was Gutes arrangieren. Und das Geld vom Franz. Er
zahlt jetzt diese Wohnung, aber vielleicht übernimmt er auch die Wohnung in einer anderen Stadt. Und dazu kommen ja noch fast 1500 Mark
Unterhalt monatlich."
Jetzt entglitt Helg etwas das Gespräch mit seiner Geliebten. Er hatte ja
völlig andere Absichten. Dass Annemarie arbeiten gehen würde und ihn
dann aushält – das entsprach nicht seinem Plan. Ganz abgesehen davon,
dass man sich dann ja wieder an irgendeine Stadt binden musste. Helg
hatte nur Augen für die 325 000 DM von Franz Geisslers Lebensversicherung. Da kam ihm zumindest Annemaries Hinweis auf den Unterhalt zu-

recht. „Sobald Du arbeitest, wird Dein Einkommen auf den Unterhalt an-
gerechnet. Der is dann schnell weg", erklärte er – zur Überraschung von
Annemarie - ziemlich rechtswissend.
Lange genug um den heißen Brei herumgeredet, dachte er nun. „Es gäbe
da ja noch die 325 000 DM", erwähnte er jetzt zielbewusst. „Das Geld ist
doch nicht real", erklärte Annemarie unschuldig und scheinbar nicht ver-
stehend. „Das ist in der Lebensversicherung gebunden. Mir stehen da nur
62 500 Mark zu." Helg erhöhte das Tempo. Er wollte nun schnell voran-
kommen und die Karten auf den Tisch legen. „Aber die 325 000 Märker-
chen sind doch auf Dich geschrieben." – „Ja. Aber nur, wenn Franz das
Rentenalter nicht erreicht." Sie lächelte. „Und so schlecht beisammen ist
er auch nicht."
Helg beendete die Maskerade und erklärte relativ ernst: „Vielleicht geht
es ja schneller." Sie reagierte nicht. „Viel schneller", schob ihr Liebhaber
nach. „Glaub ich nicht", antwortete sie unbedarft. „Der Franz hat eigentlich nichts. Ein paar Pfund zuviel ... Aber davon stirbt man nicht gleich."
Langsam ging Helg das Herumgerece auf die Nerven. Eigentlich wollte er,
dass Annemarie selbst auf seinen Lösungsweg kommt - egal, was sie davon halten mochte. Deshalb erklärte er unmissverständlich: „Ich meine
auch keine Krankheit. Was ist, wenn jemand nachhilft? Wenn der Franz
ned an einem Herzinfarkt stirbt, sondern an einer Bleivergiftung?" Da der
Ausdruck „Bleivergiftung" auch noch zu schwammig gehalten war, präzisierte Häupli: „Wenn also jemand mit der Pistole die Sache beschleunigt."
Annemarie richtete ihren Oberkörper auf. Ihre nackte Brust blitzte unter
der heruntergleitenden Bettdecke hervor. „Was redest Du da? Wie meinst
Du das?", fragte sie aufgeregt. Helg wich ihrem Blick aus und richtete seine Augen auf ihren entblößten Busen. Er streichelte sanft über ihre Brust.
„So, wie ich es gesagt habe."

45

So sehr sich Annemarie in den Folgetagen bemühte, Helgs Vorschlag zu
ignorieren, umso mehr bestand er darauf. Er besaß dabei einige Trümpfe
in seiner Hand. Nicht nur, dass Annemarie ihm verfallen war und ihn von
ganzem Herzen liebte. Franz Geissler hatte seine Frau in 19 Jahren Ehe
derart oft bloßgestellt und verletzt, dass Häupli über genügend Munition
verfügte, seine Idee zu verfestigen.

Sie saßen in der Küche von Annemaries Appartement. Wieder einmal hatte er eine Reihe von Geisslers Verfehlungen aufgezählt. Da platzte ihr der Kragen: „Helg! Hör sofort auf damit! Ich werde der Sache niemals zustimmen." Häupli lehnte sich weit in seinem Lehnstuhl zurück. Er schüttelte mit dem Kopf. „Er hat Dich mit so vielen Frauen betrogen …" Sie hob die Hand und nickte mit dem Kopf. „Du musst mir das nicht mehr erzählen. Ich weiß das selbst." Helg warf den Kopf in den Nacken und schnaufte laut aus. Er wusste ja, dass es schwierig werden würde. Immerhin redete man hier von Mord. Aber, dass Annemarie so überhaupt nicht darauf einstieg – damit hatte er nicht gerechnet. Oder zumindest hatte er gehofft, nicht auf so viel Widerstand zu stoßen.

Es musste anders gehen. Da kam ihm der nächste Gedanke. Er drehte seinen Kopf wieder zurück und sah zu seiner Freundin. Sie ermahnte ihn: „Ich will jetzt davon nicht mehr reden." Häupli ließ sich davon nicht irritieren und sagte: „Warum glaubst Du, hat er Dich geheiratet? Weil er verliebt in Dich war?" Damit setzte er einen Volltreffer. Diese Frage hatte sich auch Annemarie lange gestellt. War Franz wirklich in sie verliebt gewesen und hatte erst später sein Interesse verloren? Oder ging es ihm von Anfang an nur um eine eheliche Verbindung für bessere Geschäftszwecke? Sie dachte ungern an dieses mögliche Szenario.

Helg merkte schnell, einen wunden Punkt getroffen zu haben. „Er hat Dich nie geliebt", behauptete er grimmig. „Ihm ging es nur um seine Karriere", mutmaßte Häupli durchaus richtig. Annemarie schwieg. Sie senkte traurig den Blick. „19 Jahre hat er Dir gestohlen! Die besten Jahre!" Sie musste schlucken. Häupli bemerkte seinen Erfolg sofort und setzte nach: „Was hättest Du nicht alles haben können: Viele glückliche Kinder, einen liebenden Mann, ein erfülltes Leben." Dass Helg mit dieser Aufzählung seine eigene Beziehung mit Annemarie als zweitrangig charakterisierte, war ihm in dieser Situation nicht bewusst. Es machte auch keinen Unterschied. Seine Argumentation verfing. Annemarie war tief betroffen. Sie bedeckte ihre Augen mit der flachen Hand.

„Wenn ihm jetzt was passiert … Das ist nix Falsches. Das kannst mir glauben." Sie blieb still. Helg weitete nun sein Argument aus. „Und das bist ja nicht nur Du! Schau doch, was er sonst noch gemacht hat: Euer Sohn leidet wie ein Hund! Der hasst Euch! Der Franz hat viele ehrliche Geschäftsleute belogen und betrogen! Das geht in die Hunderttausende. Hast Du ja selbst erzählt. Da sind einige dran in den Ruin gegangen. Und so vielen Frauen hat er die große Liebe versprochen und sie dann sitzen lassen!" Alles stimmte. Annemarie sagte nichts zu Helgs Aufzählung. Sie streckte ihre Hand über den Küchentisch und Helg nahm sie auf. Er streichelte sanft über ihren Handrücken.

„Das Schwein hat es verdient!", bestätigte er seine Schlussfolgerung noch einmal etwas derb. Häupli sah gespannt auf Annemarie. Dann lächelte er. Sie hatte leicht genickt. Er war mit sich zufrieden. Jetzt wusste er also, wie er argumentieren musste.

Trepper und Annemarie Geissler sahen sich an. Simon nickte. Langsam fügte sich dieser verworrene Fall zusammen. „Sie sagen also, die Idee kam von Herrn Häupli." Annemarie nickte stumm. „Nur von ihm", fügte sie ihrer zustimmenden Kopfbewegung hinzu.

Simon drehte an seinem goldenen Ehering. Dann musste Häupli der Täter sein. Aber warum waren Hermann Geisslers Fingerabdrücke auf der Waffe, grübelte der Kommissar. „Was hat Ihr Sohn mit der Ermordung zu tun?"

Hermann Geissler verbrachte nun, da er sein Abitur abgelegt hatte und in München studierte, etliche Tage im Monat bei seiner Mutter. Ihr Verhältnis war nicht sonderlich herzlich, wenngleich sich beide bemühten, aufeinander zuzugehen. Hermann konnte schon die schwierige Lage seiner Mutter verstehen: Wie hätte sie selbst Liebe geben können, wo sie doch derart unter dem Verhalten ihres eigenen Mannes litt? Hermann hatte auch genug Enttäuschungen durch Franz Geissler erlebt.

Beide – Mutter und Sohn – einte der Gedanke, sich wieder besser zu verstehen und zu einem guten Verhältnis zu kommen. Doch nach den Jahren der Trennung durch das Internat am Bodensee und dem labilen Zustand der Mutter, fanden beide nicht recht zueinander. Sie hatten sich wenig zu sagen. Annemarie verstand nichts von Hermanns politischen Gesprächen. Sie konnte ihm auch nicht ihre Gefühle offen zeigen. Ihm ging es genauso.

Noch seltener kamen Helg Häupli und Hermann zusammen. Bei den wenigen Treffen der beiden wechselten sie einige höfliche Worte. Wobei Hermann nichts gegen die Affäre der Mutter einzuwenden hatte. Er hielt Helg zwar für einen dahergelaufenen Aufschneider, doch nach den tristen Jahren neben Franz, erschien ihm es nur recht, dass seine Mutter nun ein Abenteuer wagen durfte.

Von Hermann nicht erkannt, verfolgte Häupli sein Ziel, Franz Geissler aus dem Weg zu schaffen und so die ausstehende Lebensversicherung für Annemarie, aber mehr noch für sich selbst, zu sichern. Seine Geliebte gab nach und überreichte ihm den Wohnungsschlüssel für Franz Geisslers

Stadtwohnung. Sie besaß einen Zweitschlüssel, wie auch Hermann. Der Schlüssel gehörte ihr noch aus den Zeiten, da alle unter einem Dach gewohnt hatten. Hermann hatte einen Schlüssel für die Ferien, die er immer zum Großteil in München verbrachte.

Häupli ließ sich bei einem Schlüsseldienst am Marienplatz einen Zweitschlüssel anfertigen und überreichte das Original an Annemarie. Sie schätzte die Schlüsselübergabe falsch ein und fragte: „Dann hast Du die Idee verworfen?" Sie hatte wohl ohnehin nie vollständig daran geglaubt, dass Helg es ernst meinte. So dachte er zumindest. Er lächelte verschmitzt und antwortete zweideutig: „Geh Annemarie ... Was denkst Du denn von mir?"

Allerdings hatte er seinen Plan keineswegs verworfen. Im Gegenteil: Er observierte an einem Montagmorgen Geisslers Wohnung, und als dieser gegen sieben Uhr das Haus verließ, schlich sich Häupli ein. Er ging direkt in Geisslers Arbeitszimmer. Es war genauso, wie es Annemarie beschrieben hatte. Er fand umgehend das gerahmte Bild, das Franz Geissler während der NS-Zeit in Prag zeigte. Tatsächlich, dachte Häupli kopfschüttelnd: Auf dem Bild war wirklich der ehemalige Bundeskanzler Ludwig Erhard zu sehen. Er stellte die gerahmte Fotografie ab, räumte die Bücher aus und drückte die hölzerne Rückwand. Es knackte mechanisch und das Türchen ließ sich aufziehen.

Dort lag – wie beschrieben – die Walther P38 in dem geheimen Fach. Die Waffe war frisch geölt und in tadellosem Zustand. Häupli hatte den Umgang mit Schusswaffen während seines Wehrdienstes im Schweizer Heer erlernt. Er entnahm das Magazin und sah in den Schaft – die Waffe war geladen und scharf. Zufrieden legte Häupli die Pistole zurück. Er räumte die Bücher zurück in das Regal und bemühte sich dabei, die vorherige Reihenfolge der Buchtitel wiederherzustellen. Schließlich stellte Helg das Bild zurück an seinen ursprünglichen Platz.

Er betrachtete spitz lächelnd das Regalfach. Ein Kribbeln durchzuckte seinen Körper. Könnte klappen, dachte er grinsend. Das könnte wirklich klappen. Jetzt brauch ich nur noch die passende Gelegenheit. Diese bot sich ihm überraschend drei Wochen später.

46

Als Hermann Geissler gegen halb ein Uhr in das Schlafzimmer seiner Mutter stürmte, wirkte er aufgebracht. Annemarie und Helg wachten langsam auf. „Tut mir leid", entschuldigte sich Hermann aufgekratzt. Seine Augen leuchteten, sein Kopf war rot.

„Was ist denn los?", fragte Annemarie verschlafen. „Ich muss zu Papa!", bestand Hermann laut. Die wirre Aussage machte Annemarie umgehend wach. „Was? Jetzt? Es ist doch mitten in der Nacht", warf sie überrascht ein. Hermann strahlte entschlossen. „Gerade jetzt! Dem werd ich's zeigen!" Annemarie sah zu Helg hinüber. Dieser verfolgte aufmerksam das Spektakel. Er kratzte sich durch seine verworrenen Haare. „Mensch Bub. Was meinst denn? Was willst denn machen mit ihm?"

Hermann hob ein Blatt Papier hoch. „Jetzt muss er Farbe bekennen. Ich war vorhin in unserem Antifaschistischen Aktionsbündnis. Wir werden es nicht länger dulden, dass die alten Nazis einfach so mit allem durchkommen. Wir werden die alle an den Pranger stellen." Annemaries Gesicht verspannte sich. Sie schüttelte verständnislos mit dem Kopf. „Was? Und warum muss das jetzt sein? Und warum bist Du dann überhaupt bei mir?"

Die erste Frage, nach der Zeit, ignorierte Hermann. Er senkte das Blatt Papier und erklärte: „Ich brauch den Schlüssel. Den Schlüssel für Papas Wohnung. Meinen hab ich verlegt."

Noch bevor Annemarie etwas erwidern konnte, begann Helg Häupli zu lächeln. „Mensch Bub – Du bist ja betrunken", stellte er fest. Hermann senkte etwas verlegen den Blick. „Nicht betrunken", entgegnete er schwach. Dann drehte er sich um und lief hinaus. Annemarie und Helg sahen sich verwundert an. Helg grinste. „Der Bub hat einen über den Durst genommen."

Annemarie schob ihre Beine über den Bettrand und griff nach ihrem geblümten Morgenmantel, der auf dem Nachttisch lag. Sie zog sich das weite Kleidungsstück über. Auch Helg verließ das Doppelbett. Die Wohnungstür knallte. Annemarie zupfte sich noch ihren Morgenmantel zurecht und rannte dann barfuß in den Zwischengang der Wohnung. Sie blieb vor einer Holzschüssel stehen und kramte darin. In dem kleinen Holzgefäß befanden sich etliche Schlüssel.

„Weg", rief sie laut. Helg betrat auch den Gang. „Was ‚weg'?", fragte er stirnrunzelnd. „Der Schlüssel. Der Wohnungsschlüssel für dem Franz seine Wohnung." Helg riss die Augen weit auf. Er musste grinsen und bemühte sich im selben Moment wieder einen betroffenen Gesichtsausdruck zu machen. „So?", fragte er mit schiefem Mund. Annemarie schien zutiefst beunruhigt. „Das ist doch unheimlich. Der will da jetzt mitten in der Nacht hin. Meinst Du, der macht einen Blödsinn?"

Helg dachte schon längst weiter. Sein Herz begann schneller zu schlagen. Das war die Gelegenheit. „Ach i-wo", beschwichtigte er abwinkend. „Aber wenn's Dich beruhigt, schau ich da mal vorbei."

Franz Geissler war vor seinem Fernseher im Wohnzimmer eingeschlafen. Er brauchte einige Sekunden, um unter dem heftigen Zerren und Schütteln an seiner Schulter aufzuwachen. Langsam öffnete er die Augen. In dem viel zu hellen Licht sah er die Umrisse eines Mannes. Ein Überfall, dachte er ängstlich. Dann erkannte er, wer über ihn gebeugt vor dem Wohnzimmersofa stand.
„Hermann?", fragte er irritiert. „Was zum Teufel machst Du hier?" – „Aufstehen!", befahl Hermann kalt. „Was?" Franz verzog sein Gesicht. „Bist Du verrückt? Ist was passiert? Ist was mit Mama?" Doch Hermann reagierte nicht. Er streckte seinen Rücken durch und befahl erneut: „Aufstehen!" Franz richtete sich auf. Er griff auf dem kleinen Nierentisch nach seiner silbernen Rolex. „Dreiviertel eins? Ja sag mal, spinnst Du?" Zum dritten Mal entgegnete Hermann: „Aufstehen!"
Tatsächlich erhob sich Franz nun von seinem unbeabsichtigten Nachtlager. Es passierte ihm mittlerweile öfters, dass er vor dem Fernseher einschlief. Wegen der angespannten Stimmung, schlug Franz einen freundlicheren Ton an: „Willst Du einen Whiskey? Ich rieche ja, dass Du schon ein bisschen was intus hast." Er lächelte. Hermann blieb distanziert. Wortlos überreichte er ein Schriftstück. „Was hast Du denn da für mich?", fragte Geissler. „Die Wahrheit", antwortete Hermann mit sichtlichem Stolz.
Geissler nahm das Papier mit der rechten Hand auf, gähnte und schlurfte in Richtung seines Arbeitszimmers. Hermann sah zum Eingang. Dort stand Uwe Seidler. Hermann zuckte mit den Schultern. Seidler tat es ihm gleich. Hermann Geissler folgte schließlich seinem Vater in das Arbeitszimmer. Dort ließ sich Franz stöhnend auf den großen Lehnsessel am Schreibtisch nieder. Er legte das Schriftstück auf die Tischoberfläche, gähnte und wischte sich breitflächig über sein Gesicht. Dann lächelte er und beugte sich hinab. Man hörte, wie Franz eine Schublade öffnete und anschließend ein kurzes Klirren.
Er hob zwei Gläser und eine gläserne Karaffe auf den Tisch. In dem Glasbehälter befand sich eine matt golden glänzende Flüssigkeit. Franz Geissler befüllte beide Gläser halb voll. „Du besuchst mich ja nicht gerade oft", sagte Franz mit gespieltem Vorwurf. „Ich bin nicht zum Plaudern gekommen!", entgegnete Hermann. „Dann trink doch einen mit mir", meinte Franz gemütlich.

Uwe Seidler betrat den Raum. Irritiert blickte Franz auf den ihm Unbekannten. „Je später der Abend", brummte der Hausherr. „Trinken Sie wenigstens einen Whiskey mit mir?" Seidler trat an den Tisch, hob das Glas und schüttete es schwungvoll in Franz Geisslers Gesicht. „Wir sind die Abordnung vom Antifaschistischen Kampfbund München", erklärte Seidler in feierlichem Ton.

Geissler lehnte sich zurück. Er schüttelte mit dem Kopf. „Ihr steckt also hinter den Briefen … Mein eigener Sohn …" Seidler schlug mit der flachen Hand auf das Schriftstück, welches Hermann vor wenigen Augenblicken seinem Vater überreicht hatte. „Lesen und unterschreiben!", forderte Seidler im Befehlston. Geissler wurde langsam zornig. Doch ehe er auf die Frechheiten reagieren wollte, interessierte ihn tatsächlich, was sich hinter diesem Stück Papier verbarg. Er beugte sich vor und begann laut zu lesen: „Geständnis. Ich, Franz Hermann Geissler, geboren in München am 3. Januar 1918, möchte mit diesem Dokument meine Schuld am Sklavensystem des Deutschen Faschismus bekennen. Ich habe in der Zeit vom 03. November 1939 bis zum …" Geissler brach ab.

„Was soll der Unfug?", fragte er in nun deutlich gewandeltem Ton. „Die Wahrheit muss ans Licht", erklärte Hermann. „Die Wahrheit? Dass ich im Krieg in Prag war? In der Verwaltung?" Seidler schlug noch einmal auf das Blatt Papier. „Dass Sie in Prag mitgeholfen haben, Menschen auszubeuten. Menschen in Zwangsarbeit geschickt haben." Hermann ergänzte: „Und vor allem, dass Du verfolgten Juden das ganze Geld abgenommen hast. Ich weiß alles!"

Geissler stand auf. Wütend winkte er ab. „Ihr Hosenscheißer!" Er drehte sich zu seinem Sohn und warf ihm einen wütenden Blick zu. Seine Augen funkelten. „Ich hab fast 200 Juden gerettet! Wenn ich denen damals nicht gefälschte Papiere ausgestellt hätte, wären die ins Gas gegangen!", empörte sich Geissler. Hermann hob den Zeigefinger. „Ich hab Deine Abrechnungen gefunden. Du hast sie in dem schwarzen Kalenderbuch eingetragen und kommentiert. Alles hast Du denen abgenommen. Bis auf die Kleider am Leib mussten die Leute alles an Dich weitergeben."

Wieder winkte Geissler ab. „Blödsinn. Das waren Juden. Die hatten bestimmt noch irgendwas versteckt. Das waren ja keine armen Leute. Und …" Er überlegte. „Außerdem war das ein Geschäft. Ein gutes Geschäft. Ein gutes Geschäft für beide Seite: Geld gegen Leben."

„Zynisches Nazischwein", kommentierte Seidler verächtlich. Franz wandte sich um. Mit ausgestrecktem Zeigefinger deutete er auf Seidlers Kopf.

„Von Dir dahergelaufenem Hosenscheißer lasse ich mich nicht beleidigen. Von Dir nicht!", erklärte Geissler aufgebracht.

Hermann verschränkte die Arme vor der Brust. „Das ist ja nicht alles: Du warst in der Partei" – „Das waren viele", entgegnete Franz. „Du hast Menschen zur Zwangsarbeit deportieren lassen. Zehntausende!" Geissler zog die Augenbrauen zusammen und schüttelte eifrig mit dem Kopf. „Ja sag mal: Seid Ihr zwei so blöd, wie Ihr ausseht? Wir waren damals im Krieg! Wir brauchten die Arbeitskräfte." Hermann zählte einen weiteren Punkt auf: „Und Du hast Dich bereichert. Du hast Dich von jedem bestechen lassen, der nur genug zahlte." Diese Anschuldigung schien Franz wenig auszumachen. Er zuckte mit den Schultern und spitzte die Lippen. „Ja und?"

Seidler tippte mit dem Zeigefinger auf das schriftliche Geständnis. „Unterschreiben!", forderte er laut. Geissler ging zurück an seinen Schreibtisch. Er griff nach dem zweiten, noch befülltem Whiskey-Glas. Er hob das Glas und deutete mit einer schnellen Bewegung an, es in Seidlers Richtung ausschütten zu wollen. Der zuckte zurück. Geissler begann breit zu grinsen. „Schwuchtel", beleidigte er Seidler hämisch. Dann nahm er einen tiefen Schluck, mit dem er beinahe zwei Drittel des Whiskeys austrank. Er ging einige Schritte und sagte: „Einen Dreck werde ich."

Franz Geissler musterte die beiden Eindringlinge. „Und? Seid Ihr zwei warme Brüder? Kuschelt Ihr Euch zusammen, wenn der böse Kapitalismus an die Tür klopft?" Er wollte die beiden beleidigen und provozieren. Seidler gab sich kämpferisch: „Ihre Worte treffen uns nicht. Es sind die Worte von einem braunen Spießgesellen. Wir dagegen sind die Avantgarde einer neuen Bewegung. Wir werden mit dem braunen Dreck aufräumen." Geissler lehnte sich an die Bücherwand. Er nickte zustimmend. „Jaja. Ich hör diesen ganzen Schmarrn ja auch zu Genüge. Ihr Schwachköpfe glaubt, nach einem Semester Sozialpädagogik die Welt zu verstehen." Er lachte auf. „Ihr versteht gar nichts. Ihr werdet auch nie zu etwas kommen. Ihr seid Versager und bleibt es ein Leben lang."

Hermann platzte der Kragen. Er sprang mit vier großen Schritten zum Bücherregal und wischte mit einer Bewegung die Bücher aus dem Regalfach, hinter dem sich die Pistole befand.

Er öffnete die Holzverkleidung und entnahm die Walther. Mit zitternder Hand richtete der Sohn die Waffe auf seinen Vater. „Unterschreib endlich!", forderte er hasserfüllt. Franz verfolgte verwundert das Schauspiel. Dann begann er spitz zu lächeln. „Was sonst?"

47

Franz Geissler bewegte sich demonstrativ langsam zurück an seinen Schreibtisch. „Bleib stehen!", schrie Hermann. Doch sein Vater ließ sich nicht beirren, endete den kurzen Weg und setzte sich gemächlich auf seinen Schreibtischsessel. Hermann zielte die ganze Zeit über mit der Pistole auf seinen Vater. Geissler schenkte sich ein weiteres Glas ein.
Seidler grinste nervös. Sein Gesicht änderte sich dadurch und glich einer Wachsmaske. „Lass Dir von dem Schwein nix gefallen!", rief Seidler aufgekratzt. Franz Geissler ignorierte die Schmähung und trank ohne Hast sein zweites Glas Whiskey leer. „Unterschreib", forderte Hermann zum wiederholten Mal. „Schieß", entgegnete Geissler trocken. Hermanns Herz schlug, es dröhnte in seiner Brust. Man sah seinen Brustkorb klopfen. Schweiß machte seinen Griff an der Waffe unsicher. Er drückte seine Finger nach, um die Pistole wieder fest in der Hand zu halten.
Hermann musste schlucken. Seine Hand zitterte nun stärker. „Unterscheib", forderte er von Neuem. Ihm fiel nichts Besseres ein. „Versager", gab Franz mit einem verächtlichen Schnaufen von sich. Hermann senkte die Waffe. Franz sah ihn abschätzig an. „So eine Pfeife wie Dich hätten sie früher höchstens zum Latrine putzen hergenommen. Du Schlappschwanz." Hermanns Gesicht verfinsterte sich. Er hob die Waffe und hielt sich den Lauf an die Stirn. Dabei verbiss er sich seine Zähne. Doch die Anspannung und sichtbare Aggression belustigte Franz Geissler nur noch mehr. „Das traust Du Dich eh nicht, Du Schlappschwanz", lautete seine abfällige Anmerkung. Er schenkte sich wieder sein Glas ein.
Hermann schloss die Augen. Seine Hand zitterte stärker. Dann öffnete er die Augen wieder. Er nickte. „Vielleicht bin ich ein Versager. Aber wenigstens kein Schwein." Hermann holte weit aus und warf die Pistole in die Richtung seines Vaters. Das Wurfgeschoss verfehlte Franz Geissler nur um Haaresbreite. „Ich hasse Dich", sagte Hermann. Er sagte es ganz ruhig, ohne überbordende Emotion. Ein gewisser Stolz lag in seiner Stimme. Dann verließ er das Zimmer. Seidler warf noch einen Blick auf Franz Geissler. Er hob seinen Zeigefinger, sagte dann aber nichts. Mit einer schnellen Handbewegung riss er das Geständnis an sich und eilte seinem Freund nach.

Helg Häupli erreichte etwa fünf Minuten nach Hermann Geissler das Mietshaus, in dem Franz Geissler seine Eigentumswohnung besaß. Helg hatte seinen Zweitschlüssel dabei und konnte deshalb problemlos in das Haus.

Er hatte sich bereits vor zwei Wochen eine gute Observationsposition im Treppenhaus ausgemacht, von der aus man den Eingang zu Franz Geisslers Wohnung unbemerkt beobachten konnte. Helg setzte sich auf die Stufen der Rundtreppe, oberhalb des ersten Geschosses und verschränkte seine Arme vor der Brust. Noch war nichts passiert. Würde er es heute tatsächlich tun? Helg war sich selbst noch nicht vollständig sicher darüber, wenngleich sich seine Skrupel in Grenzen hielten. Das Geld, welches Annemarie nach Franz Geisslers Tod zustand, war einfach zu verlockend. In seinen Überlegungen gehörten die 325 000 DM anschließend auch mehr ihm selbst, denn seiner Geliebten.

Er schätzte seinen Einfluss auf Annemarie so groß ein, dass er schon die grobe Richtung vorgeben könnte, wie das Geld ausgegeben würde. Er hoffte ein Stück weit, dass Hermann vielleicht den Mord ausführen würde. Aber das war mehr Wunschdenken. Wirklich zutrauen tat er es Hermann nicht, obwohl er von dessen großer Abneigung gegen seinen Vater wusste. Dieser Umstand machte ja die heutige Nacht so ideal. Helg baute bereits vor: Es schadete ja nicht, wenn es einen plausiblen Verdacht im Umfeld geben würde. Wenn es eng würde und die Polizei gegen ihn ermittelte, konnte er jederzeit behaupten: Was geht mich der Franz Geissler an? Aber sein Sohn … Ja, bestätigte er sich in Gedanken: Die Gelegenheit heute Nacht war wirklich ideal.

Die Tür öffnete sich. Hermann Geissler rannte aus der Wohnung und nahm mit großer Geschwindigkeit die Treppenstufen hinab in das Erdgeschoß. Helg hörte noch Hermanns Schritte auf der Rundtreppe, da trat Uwe Seidler – Helg war der Mann unbekannt – durch die noch immer geöffnete Tür. Auch Seidler ging schnell die Treppe hinab. Häupli beobachtete den Eingang von Geisslers Wohnung. Wie von ihm erwartet, schloss sich einige Sekunden später die Tür. Er atmete tief durch und erhob sich aus seiner sitzenden Position. Jetzt war es also soweit. Die Stunde der Entscheidung, dachte er pathetisch.

Doch plötzlich hallten wieder schnelle Schritte durch das Treppenhaus. Helg stoppte. Erneut vernahm er das stechende Schlagen von Schritten auf der Rundtreppe. Wer kann das denn sein? Um diese Zeit? Interessiert blickte Helg von seiner Position aus auf den Eingang und sah einen älteren Herrn in tadellosem Anzug. Dieser stellte sich vor der Wohnungstür auf und klingelte. Dann, keine Sekunde nachdem die für Helg unbekannte Person geklingelt hatte, begann sie auch schon wild mit der Faust gegen

das Türblatt zu trommeln. „Mach auf! Mach sofort auf Franz! Du alte Drecksau!"
Helg nickte gedankenversunken. Da schau her, dachte er überrascht. Am Schluss muss ich heut doch nichts mehr machen.

48

„Mensch Willi, halt doch die Schnauze", flüsterte Franz Geissler, als er die Tür öffnete. „Einen Dreck tu ich!", entgegnete Wilhelm Seebach. „Jetzt komm schon rein", sagte Geissler genervt und riss an Seebachs Ärmel.
Geissler ging direkt in sein Arbeitszimmer. Er sagte kein Wort, während Seebach lärmte: „Heut is Zahltag, Franz. Des lass ich mia nimmer gefallen! Von Dir ned! Von Dir wirklich ned!" Geissler stöhnte verärgert. „Willi, Willi, Willi ..." Er schüttelte den Kopf, während er um seinen Schreibtisch herum ging, sich bückte und ein weiteres Whiskeyglas hervorholte. „Zum Saufen bin ich ned da", bemerkte Seebach grob, wobei er doch gerne einen Schluck von Geisslers teurem Whiskey genommen hätte. Franz stellte das Glas neben seines und befüllte beide Gläser zur Hälfte. „Ich denke, Du bist zu dieser unchristlichen Zeit wegen dem Geschäftlichem bei mir?" Seebach griff nach dem Glas und nahm einen Schluck. „Tu ned so großkotzig. Wegen Deinen Schulden bin ich da. Mia reicht's jetzt. Ich mag mein Geld!" Geissler lächelte und schüttelte mit dem Kopf. „Jetzt? Du magst jetzt Dein Geld? Um ein Uhr morgens?"
Seebach hatte über die technischen Details weniger nachgedacht. Während er sich in der Diskothek einen ordentlichen Rausch angetrunken hatte, steigerte sich an diesem Abend immer mehr sein Zorn auf Franz Geissler. Über 50 000 Mark Schwarzgeld hatte dieser für ihn angelegt. Laut Geisslers Worten würde so über die Jahre aus Schwarz- langsam Weißgeld. Und die Dividenden standen ihm ja sofort zur Verfügung. Er versprach eine Verzinsung von 7,5 Prozent.
Das Angebot erschien Seebach trotzdem seriös. Er war eben gierig und vertraute Geissler. Doch die Zinszahlungen blieben schnell aus. Geissler meinte, er könne in der aktuellen wirtschaftlichen Lage höchstens 4 Prozent erwirtschaften. Und auch das sei nicht sicher. Schließlich zahlte er Seebach kein Geld mehr aus. „Du könntest ja eigentlich froh sein, wenn keiner Dein Schwarzgeld findet ...", meinte Geissler am vorherigen Freitag, als sich die beiden in einem Nachtlokal trafen. Der verdutzte Seebach drohte: „Mach Dir keinen Feind, der Dir richtig wehtun kann."

„Ach Willi …", seufzte Geissler. Er nahm einen großen Schluck von seinem Whiskey. „Wie viel hast daheim?", wollte Seebach wissen. Geissler hatte immer größere Bargeldbeträge in seinem Safe. Zumeist um die 20 000 DM. Er dachte aber nicht im Traum daran, Seebach etwas davon abzugeben. Auch deshalb ignorierte er Seebachs Frage. Ohne darauf einzugehen, wollte er wissen: „Hast Du einen Sohn?"
Seebach runzelte die Stirn. „Spinnst jetzt?" Seebach leerte das Whiskeyglas und stellte es viel zu fest auf den Schreibtisch. Es knallte. „Mein Geld will ich. Und mit mia is ned zum Spaßen!", erneuerte Seebach seine Drohung. „Du kriegst nichts von mir. Deine 50 000 sind weg. Tut mir leid. Wie gewonnen, so zeronnen." Er zuckte mit den Schultern. „Das Invest hat nicht funktioniert und …" Geissler hob die Augenbrauen und lächelte siegessicher. „Einklagen wirst Du es ja schlecht können."
Seebach schlug mit der flachen Hand auf die Tischfläche. „Du linke Drecksau!" Er hob den Zeigefinger und deutete mitten in Geisslers Gesicht. „Das wirst Du mir büßen!" Seebach wedelte immer wieder mit dem Zeigefinger vor seinem Gesicht. „Hältst mich für einen schönen Deppen? Aber wart nur, Dir zeig ich's!" Geissler lehnte sich entspannt zurück. „Schlaf Deinen Rausch aus, Willi." Doch Seebach drehte sich um. Sein Blick fiel auf die Pistole, welche Geissler vom Boden auf den Tisch gelegt hatte. Seebach nahm die Waffe an sich.
„Und jetzt? Jetzt schaust dumm!", triumphierte Seebach. Tatsächlich fühlte sich Geissler unwohl. Seebach traute er einiges zu. „Gib mia mein Geld!", forderte der aufgebrachte Seebach erneut. Geissler schluckte. „Schlaf Deinen Rausch aus", entgegnete er wiederum. Dieses Mal aber deutlich ruhiger und mit ernstem Gesicht. Geissler hatte tatsächlich etwas Angst.
Seebach entsicherte die Waffe. „Mein Geld", wiederholte er. Geissler zuckte mit den Schultern. „Ich bin selber pleite. Ich hab fast 200 000 Schulden." Das stimmte zwar, doch standen den offiziellen Bankschulden erhebliche Vermögenswerte entgegen und Geissler hatte zudem in seinem Tresor rund 20 000 DM. Geissler war aber gerissen genug, eine kleinere Summe immer für Vorfälle wie diese oder auch einen ordinären Überfall bereitzuhalten. Es handelte sich um exakt 830 DM. Dieser Betrag erschien ihm verschmerzbar und zugleich groß genug um zum Beispiel einen Einbrecher zufriedenzustellen. Er hatte die Summe extra gestückelt: Vier Hundertmarkscheine, sechs Fünfzigmarkscheine, der Rest in 20er, 10er und sogar 5-Markscheinen. Das bereitliegende Geld sollte eben gerade nicht arrangiert wirken.

„Glaub ich ned", sagte Seebach verärgert. „So einer wie Du hat immer a Geld!" Geissler nahm diese - im Prinzip richtige - Behauptung auf und jammerte. „Die Zeiten sind vorbei." Er senkte den Blick und nickte. „Aber ja", bestätigte er. „Freilich hab ich ein paar Mark daheim." Er bückte sich und öffnete das versperrte Fach in seinem Schreibtisch. Dort befand sich ein kleiner Safe. Er öffnete ihn. „Schau her. Das ist alles. Vielleicht ein Tausender. Mehr ist nicht da."

Seebach stolperte auf die andere Seite des Schreibtischs. Er warf einen Blick in den kleinen Geldschrank. „Du verarscht mich doch. Du hast mehr daheim. Verarsch mich ned!" Doch Geissler bestand darauf: „Das ist alles."

„Hältst mich für einen schönen Depp", brummte Seebach erneut. Doch er griff in das Fach und nahm die Scheine an sich. Schnell stopfte Seebach die vormals glatten Geldscheine ungelenk in seine Jackettasche, wodurch diese erheblich verknitterten. „Leck mich!", sendete er zum Abschied.

Dann drehte sich Seebach um und verließ das Arbeitszimmer. Geissler atmete tief durch. Ein Stein fiel ihm vom Herzen. Auch wenn er ein gutes Verhältnis zu Seebach hatte – Freunde waren die beiden gewiss nicht. Und beim Geld verstand er keinen Spaß. Noch dazu war Seebach erheblich alkoholisiert. Das ist noch mal gut gegangen, resümierte Geissler entspannt.

Doch dann stand Seebach wieder im Türrahmen. Er legte an und zielte mit der Pistole auf Geisslers Kopf. Franz Geissler zuckte. Der bringt mich um, dachte er panisch. Seebach lud durch. Geissler lehnte sich zurück. Das war es also. Wusste er doch von dem versteckten Geld? Vielleicht hatte er es einem halbseidenen Geschäftspartner erzählt. Seebach kannte ja jeden. Viele große Leute gingen in sein Bordell.

Doch dann grinste Seebach und senkte den Lauf der Pistole. „Ich komme wieder!", drohte er augenzwinkernd. „Ich komm so lang, bis ich mein Geld wieder hab. Kannst Dich drauf verlassen." Er legte die Pistole auf dem Boden ab und verließ endgültig die Wohnung.

49

Von dem Auftritt Wilhelm Seebachs wusste Annemarie Geissler nichts. Auch kannte sie nicht alle Einzelheiten darüber, was ihr Geliebter in jener Nacht genau getan hatte.

„Er blieb vage", sagte sie wahrheitsgemäß. Sie wischte sich lange über ihre Augen. Trepper faltete seine Hände und tippelte damit auf der Tischoberfläche. „Was sagte er denn genau?" Sie zuckte mit den Schultern. „Nicht viel. Er meinte, Hermann wäre in der Wohnung von Franz gewesen. Er hätte dann einen Schuss gehört und wie Hermann kurz darauf die Wohnung verlassen hätte. Er sagte auch, er habe nichts damit zu tun." – „Und Sie glaubten, Ihr Sohn hätte den Mord begangen?" Sie schüttelte leicht mit dem Kopf. „Eigentlich nicht ..."
„Hm", grübelte Trepper laut. „Glauben Sie ihm? Glauben Sie den Aussagen von Helg Häupli?" Annemarie zögerte. „Ich weiß es nicht." Simon blätterte in seinen Unterlagen. Er suchte den exakten Tag, um seine Frage aufzubauen. Er benötigte hierfür nur das erste Datum, die Abhebung des Geldes. Die beiden anderen, relevanten Ereignisse schlossen sich daran an. Er blätterte noch zweimal um, dann sah er die mit gelbem Textmarker hervorgehobene Stelle. Die Zeitangabe war leicht zu finden: Relativ nahe neben der Zahl 250 000 stand das ebenfalls goldgelb hervorgehobene Datum 14. Oktober 1969.
„Frau Geissler – Sie haben am 14. Oktober 1969 250 000 DM von Ihrem Konto bei der Stadtsparkasse München abgehoben. Sie habe diese Summe bei der Filiale in Ludwigvorstadt bestellt." Simon hob seinen Kopf. Die weiteren Vorgänge kannte er auswendig: „Am 15. Oktober 1969 wurde dann Ihr Lebensgefährte Helg Häupli an der bundesdeutschen Grenze in Konstanz mit eben jener Summe aufgegriffen. Noch am selben Tag besuchten Sie Häupli in der Untersuchungshaft. Einen Tag später tauchen Sie bei mir auf und belasten Ihren Sohn schwer." Trepper stellte keine konkrete Frage. Die Abfolge der Ereignisse sprach für sich.
Doch Annemarie schwieg. „Wie passt das zusammen? Was hat Häupli zu Ihnen gesagt?"

Häuplis Ungeduld kannte keine Grenzen. Endlich betrat Annemarie den Besuchsraum des Untersuchungsgefängnisses der Bundespolizei Konstanz. Es war bereits halb acht abends. Nur die Notlüge, Annemarie wäre mit Helg verheiratet und die Papiere noch nicht umgeschrieben, ermöglichten ihr den Eintritt. Die Beamten drückten beide Augen zu.
„Was ist passiert?", wollte Annemarie wissen. Sie war besorgt, hatte aber bereits den ganzen Vormittag mit Problemen gerechnet. Ihr war die Sache irgendwie ungeheuer. Sie hätte das Geld ohnehin am Liebsten in München belassen. Doch Helg drängte darauf, den Großteil in die Schweiz zu bringen. Dort gäbe es das Bankgeheimnis, dort wäre das Geld dauerhaft

sicher. Und er rechnete sich so auch größere Chancen aus, selbst über das Geld verfügen zu können.

Annemarie besaß bereits seit ihren Schultagen ein Konto bei einer Züricher Bank. Sie wollte eine einfache Direktüberweisung. Doch Helg lehnte ab. Er hatte Angst, irgendeine Behörde – Finanzamt oder eben Polizei – würde bei einer solch großen Transaktion hellhörig. Er wollte das Geld deshalb direkt und bar in der Bank einzahlen. Er wusste von einem alten Schulfreund, der bei einer großen Schweizer Kantonalbank arbeitete, dass praktisch alle Schweizer Banken sehr gerne und diskret große Summen an Bargeld annehmen, ohne irgendwelche Fragen zu stellen.

„Ach … Diese verdammten Bürokraten … Typisch Deutsch!", brummte Häupli sichtlich genervt. „Musst Du ins Gefängnis?", fragte Annemarie besorgt. Er zögerte, beruhigte aber dann: „Nicht wegen dem Geld. Das Geld ist ja nicht von der Mafia oder so. Das Geld ist ja sauber. Ich hab aber noch nicht gesagt, wo es herkommt." Helg dachte bereits weiter. Diese Summe würde Aufmerksamkeit erregen. Der zeitliche Ablauf war zu verdächtig: Die Scheidung, dann wird dabei eine hoch dotierte Lebensversicherung abgeschlossen, dann stirbt der Ex-Mann durch Mord und schließlich wird das Geld verschoben.

„Nicht wegen dem Geld …", wiederholte Annemarie. Den Nebensatz, „aber wegen dem Mord", sagte sie nicht. Doch Helg verstand: „Du weißt doch, wie die Deutschen sind: Immer misstrauisch und wollen einem immer was anhängen. Wenn da die Geschichte aufkommt, woher das Geld stammt …" Er endete den Satz nicht. Annemarie nickte. „Vielleicht wird die Kripo dann gegen Dich ermitteln", bestätigte sie seinen Verdacht. „Aber Du hast ja nichts gemacht." Annemarie war hin- und hergerissen. Mit dem Herzen glaubte sie Helg, dass er nur vor Ort gewesen war, aber nichts mit der Ermordung Franz Geisslers zu tun hatte. Aber mit dem Verstand … Und noch dazu: Wer soll es denn sonst gewesen sein? Hermann? Das konnte sie nicht glauben.

„Du musst jetzt die Wahrheit sagen", bestand Häupli. „Die Wahrheit?", entgegnete Annemarie überrascht. Sie kannte die Wahrheit ja überhaupt nicht. „Dass es der Hermann war", half Häupli nach. Sie erschrak. „Aber war es denn der Hermann?" Einen kurzen Moment dachte Helg an den unbekannten alten Mann, den er nach Hermann Geisslers Auftritt gesehen hatte. Nein, das würde zu kompliziert, verwarf er diese Idee. Dieser alte Mann war ja auch nicht der Mörder.

„Wer soll sonst der Mörder sein?", fragte Häupli. Er konnte ein nervöses Lächeln nicht unterdrücken. Du, dachte Annemarie umgehend. Doch sie

sagte es nicht. „Es kann nur der Hermann sein. Ich hab gesehen, wie er die Wohnung verlassen hat. Er muss es gewesen sein." Annemarie sah ihren Geliebten verständnislos an. „Selbst wenn es der Junge war – ich kann ihn doch nicht hinhängen." Häupli nickte. „Doch. Du musst es sogar", schob er bestimmt nach. „Warum?" Häupli zuckte mit den Schultern. „Weil die sonst mich wegsperren." – „Dich?", antwortete Annemarie. „Warum?"
„Du kennst doch die Bullen. Das passt denen gut: Der Geliebte will an das Geld. Macht den Mord. Du weißt doch, wie das läuft."
Annemarie zog die Augenbrauen zusammen. Sie verstand es nicht. „Die Polizei hat gegen Dich doch keine Beweise." Das wusste Helg eben nicht. Dieser Umstand beunruhigte ihn. Gab es einen Zeugen, der sein Auto gesehen hatte? Wurde er beim Betreten oder Verlassen des Hauses von jemandem beobachtet? Wurden die Fingerabdrücke an der Haustür genommen? Dort hatte er noch keine Handschuhe angehabt. Bis jetzt war das problemlos. Niemand kannte ihn oder hätte ihn mit der Familie Geissler in Verbindung bringen können. Er hatte Annemarie und Hermann eingebläut, ihn bei den Verhören nicht zu erwähnen.
Aber jetzt, mit dem Aufgriff an der Grenze und dem Geld aus der Lebensversicherung … Jetzt gehörte er zu dieser Geschichte und mögliche Beweise konnten schnell gegen ihn recherchiert werden. Aber er hatte ja vorgebaut – Hermann Geissler war der Täter.
„Du musst es sagen. Es ist die Wahrheit." Annemarie bekam glasige Augen. „Das kann ich nicht." – „Er war es!", wiederholte Häupli aggressiv. „Ich …" Sie zögerte. „Willst Du, dass sie mich einsperren? Als Unschuldiger." Sie begann zu weinen. „Liebst Du mich überhaupt?" Annemarie nickte heftig. „Alles habe ich Dir gegeben. Mein Herz, meinen Körper, meine Seele", bekannte er überzeichnet. „Und dann soll ich als Unschuldiger ins Gefängnis. Lebenslänglich." Sie schreckte auf. „Lebenslänglich?" Er nickte bestimmt, obwohl er das Strafmaß einfach behauptet hatte, ohne irgendwelche juristischen Vorkenntnisse.
„Aber Hermann …", schluchzte sie. „Ach Hermann … Dem passiert nicht viel. Der ist 18. Da greift Jugendstrafrecht. Der kriegt acht Jahre und sitzt vielleicht fünf davon ab. Dann ist er 23, wenn er rauskommt. Der hat noch das ganze Leben vor sich", beschwichtigte Helg.
„Ich weiß nicht", sagte Annemarie verzweifelt. Häupli nahm ihre Hand auf und streichelte sie sanft. „Du musst die Wahrheit die sagen", wiederholte er sanft. „Und dann vergessen wir das alles. Dann machen wir uns viele schöne Jahre. Wir reisen um die Welt. Wir lieben uns. Ich werde Dir alles geben."

Sie hob seine Hand an und küsste diese. „Wenn es der Hermann ja wirklich war ...“, stotterte sie schluchzend. Helg streichelte zärtlich über ihr Gesicht. „Das werden die besten Jahre“, hauchte er gefühlvoll.

50

Trepper nahm einen tiefen Zug von seiner Zigarette. Sein Blick haftete auf Helg Häupli, der ebenfalls rauchend im Vernehmungsraum III des Polizeipräsidiums München saß. Simon stand neben Juskowiak im Beobachtungsraum, aus dem man durch einen Venezianischen Spiegel den Vernehmungsraum einsehen konnte. Auch Juskowiak rauchte. „Ein ganz blöder Hund“, brummte er. Trepper drehte seinen Kopf zu Juskowiak.
Dieser nickte nochmals in Richtung des Untersuchungshäftlings Häupli. „War was?“, fragte Trepper. Juskowiak winkte ab und nahm einen weiteren Zug von seiner Zigarette. „Hat die ganze Überführung von Konstanz bis hierher nur dumm dahergeredet. Dass er Eidgenosse sei und er wisse, dass Deutschland ein Unrechtsstaat sei und so weiter und so fort.“ Juskowiak verdrehte die Augen. „Wär mir ein persönliches Vergnügen, wenn Du den drankriegen könntest.“ Trepper blies seine Backen auf. „Tja, wird schwierig.“ Juskowiak sah verwundert auf seinen Kollegen. „Haben wir nichts?“ Trepper verzog sein Gesicht, als hätte ihn die Frage wie ein Schmerz getroffen. „Wenig. Leider wenig. Aber ...“ Trepper nickte. „Er ist es.“
Simon nahm den letzten Zug von seiner Marlboro und zerdrückte die Kippe in dem Aschenbecher, der vor ihm im Geländer eingefasst war. „Aber es gibt auch eine Chance: Er ist einer von den ganz schlauen.“ Juskowiak blickte umgehend nochmals in den Vernehmungsraum. Tatsächlich saß Häupli alleine in dem Raum. „Kein Anwalt?“, fragte er zur Sicherheit nach. Trepper nickte. „Er hat ja nichts zu verbergen.“ Juskowiak lächelte. „Gut.“
Simon griff nach seinen Unterlagen. „Ich versuch es jetzt erst mal alleine. Je nach Situation können wir wechseln oder auch doppeln.“ Juskowiak nickte zustimmend und bemerkte: „Auf in die Schlacht.“ Bei diesen Worten klopfte er Simon auf die Schulter, während dieser sich zum Ausgang orientierte.
Juskowiak musterte nochmals den Vernehmungsraum und beobachtete wenige Sekunden später, wie Simon den Raum betrat. Trepper ging zu Häupli. Dieser stand halb auf und beide reichten sich die Hand.

„Ich hoffe, Ihr Transfer von Konstanz nach München war in Ordnung." Häupli nickte gönnerisch. „Alles immer korrekt und schön. So wie ich es vom deutschen Staat gewöhnt bin." Trepper ließ sich auf diesen Gesprächsansatz gar nicht ein und begann: „Wir hatten ja bereits bei unserm ersten Verhör in Konstanz einige Themen besprochen."
Häupli schob etwas gekünstelt seine Augenbrauen zusammen. „Verhör? Hab ich da richtig gehört? Normalerweise werden doch nur Verdächtige verhört. War es nicht eine Befragung?" Jaja, dachte Trepper. Wirklich ein ganz schlauer. „Wie auch immer. Wir haben bei diesem Termin ja bereits ihre Beziehung zu Frau Geissler besprochen." Häupli grinste zufrieden. Er wertete Treppers angespanntes Gesicht als gutes Zeichen. „So ist es. Das haben Sie sich sehr gut gemerkt."
Simon blickte auf seine Akten und blätterte. Er suchte keine konkrete Passage. Die Handlung sollte mehr vermitteln, dass er über entsprechendes Material verfügte. In Wirklichkeit würde er größtenteils improvisieren müssen. Es gab gegen Häupli nur die Aussage von Annemarie, dass er den Mord geplant hatte und sie dazu drängte Hermann zu belasten. Mehr nicht. Aber auch nicht weniger.
Simon räusperte sich. „Herr Häupli, Frau Geissler berichtete uns, dass Sie das Geld von der Lebensversicherung gerne gehabt hätten." Häupli stutzte. „Ich wusste ja gar nichts von der Lebensversicherung. Erst nach Geisslers Tod habe ich davon erfahren." So mein Freund, jetzt kriegst du die richtige Medizin, dachte Trepper. Er hob den Kopf, sah ernst auf Häupli und sagte kein Wort. „So war es. Ich hab es erst später erfahren", schob Helg nach. Trepper schüttelte leicht mit dem Kopf. Er hob die Augenbrauen. „Das passt aber überhaupt nicht." Hatte Annemarie etwas gesagt, erschrak sich Häupli. Damit hatte er nicht gerechnet.
Er schluckte und kratzte sich am Nacken. „Oder sie hat da schon was gesagt. Nach der Scheidung. Ich glaub, da war was. Aber ich konnt das gar ned so richtig einordnen. Ich war ja nur froh, dass sie frei war. Frei für mich." Wieder legte Simon eine Pause ein. Er wollte das Tempo der Vernehmung in dieser ersten Phase sehr gering halten und Häupli damit verunsichern. Da sich Häupli für gerissen hielt, würde er reden, um die Pausen aufzufüllen. Sobald Simon schließlich einen Ansatzpunkt hatte, würde er das Vernehmungstempo dann anziehen und ihn damit überrumpeln. So hoffte Trepper zumindest.
„Ja, so war es schon. Ich hatte das gar nimmer so genau in Erinnerung, aber das hat die Anni schon erwähnt: Wenn der Franz stirbt, kriegt sie Geld." Häuplis Gesicht zuckte nervös. Eine spürbare Unsicherheit stieg in

ihm auf: Was hatte Anni nur erzählt? Sie konnte mich doch nicht hängenlassen. Nein, versicherte sich Häupli in Gedanken: Der blufft nur. Anni steht zu mir.

Trepper legte sein Kinn in die ausgestreckte Fingerbeuge zwischen Daumen und Zeigefinger seiner rechten Hand. Sollte er direkt mit der Tür ins Haus fallen und preisgeben, dass Annemarie Geissler Häuplis Mordplan bekannt gegeben hatte? Er entschied sich anders: „Eine verlockende Summe", sagte Trepper relativ neutral. Häupli wartete auf eine Frage, nach diesem Kommentar. Doch Simon beließ es dabei und starrte unbeweglich auf sein Gegenüber. Wieder zuckte Häuplis Gesicht um die Augen herum. Was will der Kasper? „Mehr als ein Kommissar verdient? Oder nicht?", fragte der Schweizer gehässig. Simon zuckte mit den Schultern.

„Und Sie haben also Hermann Geissler aus der Wohnung von seinem Vater kommen sehen. Stimmt das?" Häupli wurde wieder etwas ruhiger. Mit solch einer Frage hatte er gerechnet. Er bejahte überzeugt. Das stimmte ja auch. „Aber geredet haben Sie nicht mit ihm?" Auch diese Frage war nach Häuplis Geschmack. Ruhig antwortete er: „Nein. Das ist nicht meine Aufgabe gewesen. Ich sollte nur schauen, damit nichts Schlimmes passierte."
– „Aber es passierte ja etwas Schlimmes", bemerkte Trepper umgehend. „Ja nun ... Ich war ja ned in der Wohnung dabei." – „Warum haben Sie Ihrer Geliebten nichts von der zweiten Person erzählt?" Häupli stockte. „Sie haben doch Hermann gesehen", setzte Trepper nach. „Äh ja ..." – „Und da war doch noch jemand." Häupli wirkte überrascht. „Den müssen Sie gesehen haben! Hermann Geissler war nicht alleine in der Wohnung seines Vaters", setzte Trepper nach.

Häupli hatte sich derart auf Hermann Geissler konzentriert, dass er ganz den zweiten Mann vergessen hatte. „Ach ja, da war noch ein junger Mann. Etwas zerzauste Haare ..." – „Den haben Sie auch gesehen?" Simon setzte jetzt Frage auf Frage. „Äh ja." – „Aber nichts davon erzählt?" – „Nun, äh ... nein." – „Warum nicht?" Simon ließ Häupli keine Zeit, ruhig nachzudenken. „Ja ... Warum nicht? Ich hatte da gar nimmer dran gedacht." – „Und warum haben Sie den zweiten Besuch verschwiegen?" Häupli ging in die Falle und antwortete: „Sie meinen den alten Mann?"
Sehr gut, resümierte Trepper. Er hat schon einmal den ersten Fehler begangen. „Genau. Wilhelm Seebach. Warum haben Sie Annemarie nichts von diesem zweiten Besuch bei Franz Geissler erzählt?" Häupli zog beide Mundwinkel nach unten und zuckte mehrfach mit den Schultern. „Weiß es ned ... War mir egal." – „Sie wussten also, dass Franz Geissler noch lebte, als Hermann Geissler die Wohnung seines Vaters verließ." – „Äh... Wie

meinen Sie das?" – „Der alte Mann, wie Sie ihn nennen. Er betrat die Wohnung unmittelbar nach Hermann Geissler."

Wieder zuckte Häupli mit den Schultern. „Dadurch mussten Sie wissen, dass Geissler noch lebte!" Trepper hatte seine Stimme nach oben gedreht. Häupli tat es ab: „Ist doch nicht so wichtig." – „Doch!", entgegnete Trepper bestimmt. „Jedes Detail ist wichtig. Und außerdem konstruieren Sie eine Wirklichkeit, die es so nicht gab." Häupli schob seine Augenbrauen zusammen und sah skeptisch auf den Vernehmer. „Was meinen Sie damit?"

Trepper sah nun den Zeitpunkt gekommen: „Sie haben gegenüber Annemarie Geissler den Plan geäußert, Franz Geissler zu ermorden, um an das Geld aus der Lebensversicherung zu kommen."

Helg Häupli fiel aus allen Wolken. Das hatte Annemarie der Polizei erzählt? Sein Gesicht lag in Erstarrung. „Sie wollten den Tod von Franz Geissler, um das Geld aus der Lebensversicherung zu ergattern", erneuerte Trepper seine Vorhaltung. Helg versuchte, sich zusammenzureißen. „Die Geschichte …", begann er mit einem schiefen Lächeln. „Das hab ich doch nur zum Spaß gesagt." - „Zum Spaß? Frau Geissler meinte, Sie hätten über mehrere Wochen massiv Druck aufgebaut." Häupli verging sein Lächeln. Er konnte es nicht einmal mehr spielen.

Todernst wiederholte er: „Ein Spaß. Mehr nicht." Trepper zeigte sich unbeirrt. Er fixierte Häupli mit seinen Augen und drängte nach: „Sie haben Frau Geissler über mehrere Wochen massiv unter Druck gesetzt, ihr immer wieder Vorhaltungen gemacht, weshalb Franz Geissler den Tod verdient und indirekt damit gedroht, Ihre Beziehung zu Frau Geissler zu beenden, wenn Sie nicht in den Plan mit einstimmt."

Häupli blickte auf seine zusammengekrampften Hände, die leicht zu zittern begangen. Er hielt sich selbst für äußerst abgebrüht und clever. Niemals dachte er, in einer solchen Situation die Nerven zu verlieren. Er zwang sich zur inneren Ruhe: Die wissen nix. Die haben keine Beweise, sagte er sich. Doch eine andere Stimme in seinem Kopf setzte dagegen: Annemarie hat den Plan verraten. Panik ergriff ihn. „Sie lügen!", behauptete er ohne jegliche Grundlage.

Simon bemühte sich weiter, keine Pausen entstehen zu lassen. „Ich lüge nicht. Ich breite hier vor Ihnen die Wahrheit aus. Eine Wahrheit, die Sie verschweigen wollen." Häupli schnappte nach Luft. Seine Kehle schnürte sich zusammen. „Hermann Geissler hatte doch keinen echten Grund, seinen Vater zu ermorden!" Trepper stand auf und deutete mit ausgestrecktem Zeigefinger auf Häuplis Kopf. „Sie hatten ein Motiv! Sie hatten einen

Mordplan!" Häupli wischte mit der flachen Hand durch die Luft. „Nix hatte ich! Des war ein Spaß! Ich hab nur Spaß gemacht. Und Ihr könnt mir gar nix!"

„Sie haben Franz Geissler ermordet!", stellte Trepper fest. „Nichts habe ich!", erwiderte Häupli trotzig. „Der Bub war's. Ich nicht! Ich hab nur Spaß gemacht."

51

Häupli drückte sich über das Geländer der Rundtreppe. Komischer Typ, dachte er verwundert. Warum kommt so ein Opa mitten in der Nacht zum Geissler? Egal. Helg richtete sich auf und tastete sich leise die Treppe hinab. Vor dem Eingang nahm er den Zweitschlüssel und öffnete vorsichtig die Wohnungstüre.

Im Gang brannte das Licht. Helg hörte einige leise Geräusche. Er zog dünne, schwarze Lederhandschuhe über seine Hände. Dann schlich er langsam voran. Die halbgeöffnete Tür von Franz Geisslers Arbeitszimmer lag am Ende des Gangs. Auch dieser Raum war beleuchtet. Deutlich hörte Helg ein Klappern und Gläser klirren. Dann plötzlich ein lauter Knall. Es hörte sich an, als wäre ein Glas zerbrochen. Helg wurde unruhig. Sein Puls schnellte in die Höhe. Er holte noch einmal tief Luft und legte die letzten beiden Schritte zurück. Er drückte langsam die Tür auf. Mit einem leichten Knarzen gab das Türblatt nach und stand schließlich offen.

Franz Geissler blickte auf. Völlig perplex registrierte er den Eindringling. Er hatte den Geliebten seiner Frau noch nie gesehen. „Wer sind Sie?" Helg riss die Augen weit auf. Da war er also. In Gedanken hatte er die Situation immer und immer wieder durchgespielt. Er drehte den Kopf nach rechts. Nervös kreisten seine Augen über das Bücherregal. Das Geheimfach stand offen. Er erschrak. Hatte Franz Geissler am Schluss die Waffe in der Hand? Er wich einen halben Schritt zurück. „Wer sind Sie?", fragte erneut Geissler mit nun spürbarem Zorn.

Helg dachte daran wegzulaufen. Er fasste nach dem Türgriff, dabei senkte sich sein Blick und er sah die Waffe am Boden liegen. Nun setzte er schnell einen Schritt in die entgegengesetzte Richtung. Er bückte sich und hob die Pistole auf. Tiefe Erleichterung strömte umgehend durch seinen Körper. Jetzt hatte er die Situation im Griff.

Geissler war mehr verwundert als verängstigt. Er hielt den Fremden für einen Einbrecher. „Ganz ruhig – Sie kriegen Ihr Geld", richtete er sich beschwichtigend an Häupli, als er sah, dass dieser die Waffe in der Hand hielt. Häupli kicherte aufgekratzt. Das Adrenalin schoss in sein Blut. „Es ist nix Persönliches", erklärte er in ruhigem Ton.

Dann hob Häupli die Walther-Pistole an. Geissler sprang auf und stürzte nach vorne. Häupli feuerte und traf Geissler. Dieser brach zusammen. Er konnte sich nicht mehr bewegen. Leise röchelte Franz Geissler zusammengesunken. Währenddessen wippte Häupli mit dem Oberkörper vor und zurück. Er lachte hysterisch auf. Ich habe es getan, freute er sich. Ich habe es wirklich getan. Was jetzt? Geissler stöhnte auf. Kurz wandte sich Häupli zu dem Sterbenden. Dann hatte er eine Idee: Er ging zum Bücherregal und verstaute dort die Pistole in einer Metallkiste, die er in dem Geheimfach leer vorfand. Er sicherte das Kistchen noch mit einem kleinen Vorhängeschloss, das daneben lag, schloss das Geheimfach und stellte die Bücher zurück. Dann setzte er auch das Bild in die Mitte des Fachs.

Schließlich beugte sich Häupli noch einmal über Geissler. Dieser lag in seinen letzten Zügen. Sehr viel Blut war bereits ausgetreten. Es kostete den Mörder einiges an Geschick, nicht in die Blutlache zu treten.

„Es is nix Persönliches", wiederholte er grinsend und trat zurück. Schnell lief er den Gang entlang, verließ die Wohnung und stürzte sich auf die Treppe. Nach einigen Stufen stoppte er und hastete zurück. Schnell verschloss er die Wohnungstür mit dem Zweitschlüssel. Dann zog er die Handschuhe ab und steckte sie in seine Manteltasche. Er richtete sich die Haare, wischte sich einige Schweißperlen aus dem Gesicht und trat nun völlig entspannt auf die Treppe.

Ich hab nix zu verbergen, dachte er ruhig. Ohne Hast stieg er nun die Treppe hinab und verließ das Wohnhaus.

52

Trepper ging in Richtung des Venezianischen Spiegels. Er zuckte mit den Augenbrauen. Das Zeichen für Juskowiak. Trepper wollte den Vernehmer wechseln. Jetzt ließe sich Häupli wohl nicht mehr überrumpeln. Der ersten Welle hatte er standgehalten. Simon durfte auch nicht überziehen: Sobald Häupli nach einem Anwalt verlangte, würde ihre dürftige Beweislage ohnehin nicht halten. Natürlich war Häupli schwer verdächtig, einen direkten Beweis gab es aber nicht. Er hatte einen Mordplan erstellt mit plausiblem Tatmotiv. Aber wenn er vor Gericht gut darstellen konnte, er hätte es nicht ernst gemeint, so bliebe zwar der Verdacht, aber für eine Mordverurteilung würde es sicher nicht reichen. Sie brauchten ein Geständnis.

Die Tür des Vernehmungsraums öffnete sich. Zu Treppers Überraschung hielt Juskowiak selbst einen roten Ordner in der Hand. Simon hatte eigentlich alle relevanten Unterlagen bei sich. Juskowiak wies mit der offenen Hand in die hintere Ecke des Vernehmungsraumes. Simon stutzte kurz, folgte ihm dann jedoch. Wenn es etwas Vertrauliches zu besprechen gab, könnte man dies doch vor der Tür machen.

Juskowiak ging sehr nahe an Treppers Ohr und flüsterte leise: „Wenn er wirklich der Täter ist, dann muss er auch mit der Walther geschossen haben. Das ist die Tatwaffe." Trepper nickte stumm. Juskowiak hob den roten Schnellhefter in seiner Hand hoch und tippelte darauf. „Dann muss er Handschuhe angehabt haben, da die anderen Spuren noch drauf waren", flüsterte Juskowiak. Wieder nickte Trepper. Helg Häupli beobachtete die stille Unterhaltung interessiert. Verstehen konnte er nichts.

„Gut", sagte Juskowiak laut. „Damit stellt sich der Fall nun gänzlich neu dar." Trepper und Häupli starrten beide gleichermaßen erstaunt auf Juskowiak. Der legte die Mappe auf den Tisch und öffnete sie. Es befand sich darin ein großes Foto der Tatwaffe. „Wir haben neue Beweise. Diese Pistole kennen Sie ja gut", behauptete Juskowiak. Häupli warf nur einen flüchtigen Blick auf das vergrößerte Foto. „Ich weiß nicht, was Sie meinen", erklärte Häupli trotzig.

Juskowiak setzte sich. „Sie sollten sich jetzt gut überlegen, was Sie zu uns sagen. Eine Falschaussage wird Ihnen vor Gericht äußerst negativ ausgelegt. Ein Geständnis wirkt automatisch strafmildernd." Simon verschränkte die Arme vor der Brust. Er lehnte sich an die Mauer und folgte gespannt Juskowiaks Befragung. „Ich hab nix zu sagen", sagte Häupli gleichgültig. Juskowiak warf ihm einen scharfen Blick zu. „Sie haben diese Waffe also noch nie gesehen." Noch bevor Häupli erneut die Frage beantwortete, schob Juskowiak nach: „Überlegen Sie sich gut, was Sie sagen. Glauben Sie bloß nicht, Sie könnten heutzutage mit Handschuhen Fingerabdrücke vollständig vermeiden. Dort entstehen trotz allem Schweißabdrücke und Faserablagerungen."

Trepper verstand nun Juskowiaks Versuch. Er wollte Häupli aufs Glatteis führen. Ein Anwalt hätte diesen schwachen Versuch ohnehin in der Luft zerrissen. Aber auch so konnte sich Trepper keinen Erfolg davon versprechen. Häupli zögerte. „Bitte bedenken Sie: Wir können auch bei Handschuhen mit unserer neuesten Technik Fingerabdrücke auswerten. Mit hochauflösenden Mikroskopen bleibt unserer Kriminaltechnik praktisch nichts verborgen." Häupli wurde zornig: „Wie soll das gehen, bei Lederhandschuhen? Da kommt nix durch!"

Trepper riss die Augen weit auf. Jetzt hatte Häupli einen schweren Fehler begangen. Auch Juskowiak elektrisierte die Antwort. „Wir haben neue Erkenntnisse und diese sind eindeutig. Da helfen auch keine schwarzen Lederhandschuhe." Auf die Farbe „schwarz" der Handschuhe hatte Juskowiak spekuliert. Es wirkte. Erst jetzt bemerkte Häupli seinen schweren Fehler. Er senkte den Blick. „Herr Häupli. Die Beweise sind eindeutig. Sie haben zudem ja auch die Klinke der Wohnungstüre angefasst", schob Juskowiak nach. Auch hierüber verfügte die Mordkommission über keine Beweise. Juskowiak bewegte sich auf sehr dünnem Eis. „Jetzt geht es darum, ob Sie noch eine Falschaussage mitnehmen und 20 Jahre kriegen oder ein volles Geständnis ablegen und mit 15 Jahren davonkommen. Da kann ich Ihnen nicht mehr helfen. Das müssen Sie jetzt entscheiden. Wie es sich zugetragen hat, steht für uns fest. Ich schreibe auf, was Sie sagen." Häupli schloss die Augen und atmete tief durch.

„Herr Häupli, neben den neuen Beweisen, kommt ja noch ihr Mordplan, dazu der illegale Geldtransfer in die Schweiz. Machen Sie keinen Fehler", assistierte Trepper. Dass es eigentlich keine „neuen Beweise gab" überging nun auch Trepper geflissentlich. Gott sei Dank hat er sich ohne Anwalt der Befragung gestellt, ging es Trepper durch den Kopf. Bei einem halbwegs vernünftigen Verteidiger wären Trepper und Juskowiak mit einer solch halbseidenen Strategie schnell baden gegangen.

Häupli hob den Kopf. Seine Mundwinkel hingen hinab und seine Augen schimmerten glasig. Anni hatte ihn verraten. Sein Mordplan lag also offen. Und jetzt wussten sie auch noch von seinen schwarzen Lederhandschuhen. „15 Jahre hört sich besser an", murmelte er traurig.

53

Simon beschäftigten noch etliche Zurechtweisungen durch den Leiter der Mordkommission Richard Marburger, als er in das Großraumbüro der Mordkommission zurückkam. Er setzte sich an seinen Schreibtisch und schnaufte laut durch.

Marburger hatte Treppers und Juskowiaks Vorgehen scharf kritisiert. „Vor Gericht darf das auf keinen Fall aufkommen, dass Ihr einen neuen Beweis vorgetäuscht habt, den es gar nicht gab!", schimpfte Marburger. Und er hatte natürlich recht: Die Art und Weise, wie das Geständnis erschlichen wurde, war nicht vollständig korrekt. Dennoch konnte es unter dem Aspekt der Ermittlungstaktik eingeordnet werden. Sie hatten ja keine gefälschten Beweise vorgelegt, sondern lediglich erwähnt, man könne auch Fingerabdrücke trotz Handschuhen ermitteln.

Das war natürlich gelogen, aber sie hatten zumindest nicht konkret behauptet, Häuplis Fingerabdrücke gefunden zu haben. Sie blieben im Vagen. Juskowiak sprach nur allgemein von neuen Beweisen und eben der Methode, Fingerabdrücke auch beim Einsatz eines Handschuhs erkennen zu können. Beides brachte er nicht direkt zusammen. Als neuen Beweis würde man den Zweitschlüssel aufführen. Dieser wurde bei der Hausdurchsuchung von Helg Häuplis Ein-Zimmer-Wohnung in Schwabing gefunden – wenn auch erst am Tag nach dem Geständnis. Und die Geschichte mit der neuen Ermittlungsmethode sollte man deutlich herunterspielen, wenn sie denn tatsächlich vor Gericht erwähnt werden sollte. „Das können wir so zudecken", mahnte Marburger. „Richtig sauber war es nicht."

So standen Juskowiak und Trepper etwas gebeutelt auf, als Marburger die Besprechung beendete. Als sie sich abwandten und zur Tür strebten, ließ es sich Marburger aber nicht nehmen, seinen beiden Kommissaren nachzurufen. „Wenigstens ein Mörder weniger auf der Straße. Dafür sind wir ja schließlich auch da." Das halbe Lob machte es dann doch etwas einfacher. Juskowiak tippte Trepper auf die Schulter und verabschiedete sich für den Tag: „Ich muss noch ans Landgericht. Da wird heute ein Fall von mir verhandelt." Trepper nickte und lächelte spitz. „Aber sag ja nichts von neuen Ermittlungsmethoden." Juskowiak erwiderte das Lächeln und meinte: „Ach woher. Der Fall ist eindeutig. Da gibt es ein Geständnis, das ganz ohne neue Beweise zustande kam." Trepper klopfte ihm auf die Seite und ging in die andere Richtung.

Als sich Simon gesammelt hatte, sah er eine Stange Marlboro-Zigaretten auf seinem Schreibtisch. Trepper beugte sich vor und fand einen kleinen Zettel auf der Zigarettenstange aufgeklebt. Er löste das schief zugeschnittene Papierstück und las den kurzen Text: „Eigentlich hätt ich Dir ein paar Tausender zustecken wollen. Aber ich weiß ja, wie korrekt Du bist. Doch zumindest wollt ich mich für die Zigaretten revanchieren. Nix für ungut. Bist a Guter! Liebe Grüße Willi."

Trepper lächelte und schüttelte den Kopf. Er zerknüllte den Zettel und wollte ihn bereits in den Papierkorb neben seinem Schreibtisch werfen. Doch er stoppte die Handbewegung und strich das Papier wieder auf der

Schreibtischplatte glatt. Dann sperrte er das oberste Schubfach seines Schreibtisches auf und legte dort die schmale Nachricht ab.
Trepper lächelte nochmals und stand auf. Er warf einen Blick durch das Büro und erblickte Reuter am anderen Ende. Dieser saß gerade über einer Akte. Trepper rief durch den Raum: „Ich bin draußen. Mittag." Reuter sah nicht auf. Er hob lediglich die rechte Hand und antwortete: „Mahlzeit."

Trepper trabte über die große Holztreppe hinaus zum Portal der Löwengrube. Simon wollte auf den Marienplatz. Er brauchte jetzt etwas Zerstreuung und legte deshalb seine Mittagspause um eine halbe Stunde vor. Hunger hatte er keinen, er wollte einfach etwas über den Marienplatz schlendern.
Am großen Tor des Polizeipräsidiums stand neben der rechten Säule, auf der die mächtige Steinfigur eines bayerischen Löwen thronte, Frau Geissler mit ihrem Sohn Hermann.
Trepper stoppte. Auch Annemarie Geissler und Hermann erblickten den Kommissar. Simon zögerte einen Moment, dann ging er auf die beiden zu. „Grüß Gott", sagte Trepper. Die beiden erwiderten den Gruß. „Sie sind heute bei uns?" Annemarie nickte. „Ich soll heute noch einmal meine Aussage protokollieren." Trepper erinnerte sich und nickte. „Sie müssen eigentlich nur mehr alles durchlesen und unterschreiben. Die Kollegin hat schon alles vorbereitet", erklärte er. „Wenn etwas nicht passt …" Trepper konnte seinen Satz nicht beenden, denn Annemarie meinte: „Jetzt passt wieder alles." Sie lächelte entspannt. Auch Hermann nickte freundlich.
Trepper überlegte einen Moment, ob er das scheinbar wieder geglättete Verhältnis zwischen Mutter und Sohn positiv kommentieren sollte. Er unterließ es aber und beschloss die Begegnung mit: „Ich wünsche Ihnen alles Gute für die Zukunft." Wieder lächelte Annemarie Geissler freundlich. „Danke, Herr Kriminalkommissar. Sie haben mir sehr geholfen."
Sie verabschiedeten sich. Auch Trepper wandte sich um und ging endgültig durch den Torbogen der Löwengrube. Dann stoppte er. Wie meinte sie das? Ich habe ihr sehr geholfen. Er drehte sich noch einmal um. Annemarie Geissler hatte sich bei ihrem Sohn untergehakt. Sie wirkten sehr vertraut. Trepper stutzte. Vor ein paar Tagen hatte sie ihn noch als Tatverdächtigen in einem Mordfall präsentiert … Simon durchzuckte ein Gedanke: Hatte Annemarie Geissler den ganzen Fall in die Richtung von Häupli gelenkt? Spielte sie eine viel aktivere Rolle bei der Ermordung ihres Mannes? Vielleicht hatte sie ja bewusst die hohe Summe der Lebensversicherung Häupli angetragen. Sie konnte sich ja eventuell denken, dass ihn die-

se Geldmenge nicht kalt lassen würde. Helg Häupli war ja nun nicht gerade ein Quell von Tugendhaftigkeit und Seriosität.

Simon erstarrte. Hatte er sich am Ende einspannen lassen? Annemarie wollte den Tod des Mannes und dann die Summe für sich und ihren Sohn haben. Konnte es so gewesen sein? Sie behielt einfach immer die Übersicht. Helg stieg auf die verlockende Zahlung der Lebensversicherung ein und hatte ja den Mord begangen. Sie konnte immer die Ermittlungen dahingehend aussteuern, dass sie die schwache Frau war, die sich dem Willen der Männer unterordnen musste.

Die Glocke der Frauenkirche schlug 12 Uhr Mittag und riss Trepper damit aus seinem Gedankenspiel. Er stapfte gedankenversunken in Richtung Marienplatz. Reichlich konstruiert, dachte er.

Dass Trepper mit seiner flüchtigen Überlegung den Nagel auf den Kopf getroffen hatte, erfuhr er nie. Annemarie Geissler lebte unbehelligt, bis zu ihrem Lebensabend 1992, ein ruhiges und sorgenfreies Leben. Das Verhältnis zu ihrem einzigen Kind Hermann blieb zeitlebens gut und innig. Die beiden hatten wieder zueinandergefunden und ein gutes familiäres Verhältnis aufbauen können.

Helg Häupli saß 14 Jahre Haft in der Justizvollzugsanstalt Stadelheim ab. Nur sechs Wochen nach seiner Freilassung 1984, wurde er in einer warmen Juninacht von einer einfahrenden S-Bahn erfasst und getötet. Ob es sich um Selbstmord oder einen Unfall handelte, konnte nie zweifelsfrei festgestellt werden.

54

Als Felix seinen Vater erblickte, kniete dieser auf der blanken Erde. Trepper erhob sich und wischte die dunkelbraune Erde von seiner Hose. Etwas verlegen legte er die Gartenschaufel beiseite.

„Ich kümmere mich immer wieder mal darum", gestand Simon etwas peinlich betroffen. Felix lächelte. „Find ich gut." Er deutete mit dem Zeigefinger auf den Grabstein: „Wie war er?" Simon drehte sich um. In goldenen Lettern stand auf dem glatten, schwarzen Stein: „Jakob Trepper – 11.03.91 – 27.04.50". Simon stemmte beide Hände in die Seiten. „Ein guter Mensch", erklärte er kurz. „Habt Ihr Euch gut verstanden?" Simon

zuckte mit den Schultern. „Ja. Wir haben zwar nicht allzu viel miteinander geredet - wie es eben so ist, bei Vätern und Söhnen - aber ...“
Felix lächelte. Simons Gesicht zeigte jedoch Anspannung. Er setzte den Gesprächsbeginn nicht fort. „Ihr wollt reden, alles wissen“, stellte Trepper fest. Simon meinte mit dem Überbegriff „ihr“ die ganze junge Generation in Deutschland, die drängend nach Krieg und Nazizeit fragte. Felix senkte den Blick. „Vielleicht habe ich gar kein Recht darauf. Es ist Dein Leben. Warum sollte ich den Richter spielen?“ Felix Antwort machte es Trepper leichter. Dennoch hielt er fest: „Es ist das Anrecht der Jungen, Fragen zu stellen.“
Felix sah verlegen auf seinen Vater: „Dann verzichte ich gerne auf dieses Anrecht.“ Auch Trepper musste lächeln. Felix kniete sich nun selbst auf die Erde und zupfte ein paar Gräser aus. Auch Simon ging wieder auf die Knie und setzte seine Arbeit fort.
Es dauerte einen stillen Moment. Etwa eine Minute arbeiteten sie stumm nebeneinander am Grab von Jakob Trepper. Dann begann Simon zu erzählen.